COBALT-SERIES

炎の蜃気楼《ミラージュ》昭和編

紅蓮坂ブルース

桑原水菜

集英社

炎の蜃気楼《ミラージュ》 昭和編

紅蓮坂《ぐれんざか》ブルース

目　次

人物紹介
加瀬賢三
上杉景虎
冥界上杉軍の大将。
かつて「レガーロ」で
ホール係をしていた。
笠原尚紀
直江信綱
医学部に通う大学生
だったが、織田に養父母を
殺されたことで大学を退学。
織田との戦いに専念する。

小杉マリー
柿崎晴家
上杉夜叉衆のメンバー。
「レガーロ」ではステージで歌っていた。
宮路良
安田長秀
グラビアや広告写真のカメラマン。
夜叉衆では実力ナンバー2。
佐々木由紀雄
色部勝長
循環器外科の医師で元軍医。
夜叉衆では
最年長的立場のまとめ役。
北里美奈子
音楽家一族の令嬢。実は
養女であり、龍女の血を引いている。

人物紹介

朽木慎治
織田信長

「レガーロ」のボーイ兼用心棒だった。行方不明になっていたが、信長としての記憶を取り戻し、景虎たちと対立する。

ジェイムス・D・ハンドウ
森蘭丸

大崇信六王教の当主・阿藤が大株主である阿津田商事の重役。

高坂弾正

神出鬼没の武田家臣。夜叉衆と敵対したり助けたり、謎多き人物。

紅蓮坂ブルース

これまでのあらすじ

　昭和三十三年、東京。加瀬（景虎）は新橋駅近くのホール「レガーロ」でホール係として働いていた。マリー（晴家）は同じ店の歌姫。ある日の閉店後、店のボーイ・朽木の前に、戦死した彼の友人の名を騙る男が現れた。景虎たちは男に襲われた朽木を助ける。実は二人は朽木を守るため、「レガーロ」に潜入していた。

　一方、医大生・笠原（直江）は、龍に守られた後輩・坂口と知り合う。彼も不審な人間に狙われていた。坂口は武田ゆかりの龍を祀る家の人間で、巫女である龍女が生む『龍のうろこ』を持っていた。坂口の実家へ話を聞きに行った矢先に龍女が殺され、直江は新たに龍女となった音楽一家の令嬢・美奈子を護衛することに。

　二つの事件には大崇信六王教が絡んでいた。実は朽木こそ信長が換生した姿であり、『龍のうろこ』で信長の鎧を作るため、龍女や坂口が狙われていたのだ。そして、朽木は「レガーロ」から姿を消す。（**「夜啼鳥ブルース」**）

　朽木が去った「レガーロ」で、バンドメンバーに原因不明のアクシデントが続く。そんな折、「レガーロ」のオーナーである執行の前に、元歌姫で今は芸能プロダクションの社長となった早枝子が現れる。執行と因縁がある彼女の狙いは〝「レガーロ」乗っ取り〟。バンマスまでも倒れるが、急遽美奈子が演奏し、事なきを得る。早枝子の周辺には織田の影があり、景虎たちが調査に動き出す中、「レガーロ」に爆破予告が届く。

　爆破予告は織田の息がかかった大進興業からの脅迫状で、結果、景虎たちは「レガーロ」に立てこもる。店は大進興業の人間に囲まれ、景虎はバンドメンバーたちを襲ったものと同じ呪いを受けてしまう。しかし、織田の真の狙いは大勢の客を乗せた電車の爆破だった。今まで所在不明だった長秀の働きによって計画は阻止。景虎の呪いも解かれる。一連の事件は、信長として目覚めた朽木の指示で行われたものだった。（**「揚羽蝶ブルース」**）

　爆破予告の一件以来、美奈子は「レガーロ」でピアノを弾くようになっていた。マリーにデビュー話が持ち上がる中、「レガーロ」に東雲次郎という男から髑髏が届く。また、都内の結婚式場界隈では、花嫁が倒れる異変が起きていた。原因は婚礼衣装に取り憑いた霊。知り合いが巻き込まれたこともあり、直江は調査に乗り出す。同時に次郎の正体を探るが、「レガーロ」で働くナッツとつながりがあるとわかる。

　ある日、景虎は店で突然倒れた。

これまでのあらすじ

次郎の弟・三千夫の指示を受けてナッツが仕掛けた呪詛の発動が原因だった。三千夫は六王教から髑髏を盗んで追われており、次郎はすでに亡くなっていた。しかし、弟を心配した次郎は三千夫の霊媒体質を利用し、景虎のもとへ髑髏を送りつけたのだ。憑き衣の主導霊でもあった髑髏の正体は、信忠の婚約者・松姫。信長は催眠暗示ができる髑髏を使い、皇太子の成婚パレードを見守る民衆を操ろうとしていた。次郎の協力を得た夜叉衆は織田方を追い詰め、景虎は東京タワーで信長と対峙する。彼を殺す絶好のチャンスだったが、信長が見せた朽木の姿にとどめを刺せなかった。（「**瑠璃燕ブルース**」）

髑髏事件からしばらくのち、景虎は流しのバイオリン弾きに出会う。彼の演奏でなぜか霊が活性化する。直江が通う大学の構内では不発弾が爆発した。現場はかつての陸軍の秘密研究所。以来、学生の間で「死者を乗せる船の夢を見る」という奇妙な現象が広がる。その爆発で北条と敵対していた怨霊が目覚める。

バイオリン弾き・丈司は長秀が見張っていた。偶然接触した際、付喪神付きのバイオリンを、織田絡みの人間に売れと迫られていると知る。バイオリンは叔父・幸之助のもので、彼は弾いたら死ぬ曲を書いたという。丈司といた長秀たちは怨霊に襲われ、バイオリンは死守したものの、彼を拉致されてしまう。

丈司が監禁されているホテルに乗り込んだ際、怨霊との戦いで怪我を負った景虎は信長と遭遇。美奈子は若い女の霊に導かれて山手の天主堂へ向かい、瀕死の景虎を見つける。そんな美奈子のもとにも幸之助のバイオリンがあった。治療を受けた景虎は『死の船』の夢を見、直江の反対を押し切り、夢へと潜る。（「**霧氷街ブルース**」）

爆発事件を調べていた直江は陸軍が旋律兵器の研究を行っていたことを知る。そこで殺人楽曲を作ったのが幸之助だった。すでに楽譜は失われ、丈司だけが暗譜している。直江が病院へ戻ると景虎の身体が消えており、ふたりを繋ぐ命綱も切れた。

一方、景虎は夢で美奈子と遭遇し、船の付喪神であるマリアから、彼女がバイオリンに封じられていた霊であり、無人兵器の実験に利用されたと教えられる。それこそ丈司が持つ「テオトコス」。美奈子宅へ預けられていたのが「二番目のテオトコス」だった。

「第二のテオトコス」のせいで織田に狙われた美奈子を逃がした晴家は信長に捕らえられた。そこへマリアに執着する科学者ヨハンに憑依された景虎が現れる。さらには『死の船』であるむげん丸が地上に現れ、物と霊の合着が始まる。信長はむげん丸を通じて人々の無意識を支配しようとするが、そんな信長にヨハンが刃を向ける。彼の目的は直江の力により、マリアの魂を美奈子へ換生させることだった。間一髪、景虎の魂は肉体へ戻り、ヨハンとマリアを調伏した。（「**夢幻燈ブルース**」）

むげん丸の事件後、直江は学生運動の過激派である「闘学連」に潜入し、リーダー十文字の監視していた。十文字は得体の知れない霊気をまとっていた。また、霊的包容力のある美奈子は織田に狙われ、松川神社に匿われる。親しくなる景虎と美奈子に直江の胸は重く塞ぐ。

そんな中、長秀が《調伏》できずに怪我を負う。晴家や色部も《調伏力》が使えなくなる。ほどなく景虎たちもくだんの霊・トウジロウに襲われた。美奈子に憑依し、景虎たちを守ってくれた布良という霊によれば、トウジロウの正体は長島一向一揆の赤蜥蜴衆のひとりで、仲間を裏切った男らしい。この戦闘が原因で直江は昏睡状態に。さらには「レガーロ」でのラストステージに信長が現れ、晴家が声を失う。

闘学連を含め、合同での国会デモが決行され、景虎は十文字に憑依したトウジロウと対峙する。昏睡から目覚めた直江も合流し、夜叉衆はトウジロウたちと激闘をくり広げた。そして、彼が施した鬼術を解かせ、《調伏力》を取り戻す。（「**無頼星ブルース**」）

火事を装った呪詛により、尚紀（直江）の養父母である笠原夫妻が殺された。晴家の声も戻らないが、景虎たちは首都高速を使った六王教の東京霊都化計画を阻止すべく、工事中の橋桁の破壊工作を行っていた。そんな中、景虎のドッペルゲンガーが現れ、その行動により、景虎は警察に拘束される。やがて公安へ移送されるものの、それは織田方の滝川一益と森蘭丸が上杉方へ和睦を申し入れるための偽装工作だった。交渉は決裂し、事情を知った直江たちは景虎の分身を生み出した邪法を破るべく六王教へ乗り込む。苦戦を強いられるが、分身を自ら操った景虎により形勢は逆転。囚われていた景虎の奪還にも成功する。しかし、織田との戦いはますます苛烈になっていくのだった。（「**悲願橋ブルース**」）

イラスト／高嶋上総

炎の蜃気楼《ミラージュ》 昭和編
紅蓮坂《ぐれんざか》ブルース

第一章　闇を照らす月

東京国際空港の到着ロビーには、大勢の報道記者が待ち受けていた。

先ほど到着したジェット機の乗客を待っている。目当ての人物は、仕立ての良い背広に毛皮のコートを身に纏《まと》い、サングラスをつけていたが、記者たちにはすぐにわかった。

「朽木《くちき》さん……朽木さん、お帰りなさい」

「アメリカ視察から帰国しての、第一声をお願いします！」

記者たちが一斉に手帳を取りだし、カメラのフラッシュが焚《た》かれる。あっという間に報道者が群がり、到着ロビーは記者会見場のようになった。

朽木慎治《しんじ》は眩《まぶ》しそうに目を細めて、こう言った。

「実に有意義な視察だった。アメリカの国力を十二分に見た。我々は、だがアメリカの猿《さる》まねではだめだ。自《みずか》ら、創造していかねばならん」

悠然《ゆうぜん》と記者に答えている。搭乗客《とうじょうきゃく》や出迎えの人々が、遠巻きに見ている。その騒然とした様子に、通りすがりの者も圧倒されている。

「おい、ありゃだれだ。どっかで見た顔だな」

「朽木慎治ですよ。東京の建築王、不動産王と騒がれてる。成り上がりだが、経済界の重鎮《じゅうちん》も一目おくとかいう」

「近頃、新聞や週刊誌でよく見る、あいつか。東京改造の立役者とか言われてる」

「確かに、なんかやらかしそうな面構《つらがま》えしてやがる」

米国に渡航《とこう》して、帰国したことがニュースになる。その動向に多くの人々が注目している。

つい先日も新聞社をひとつ買収した。次はテレビ局ではないかともっぱらの噂《うわさ》だ。

次に狙《ねら》うのは「報道王」だと、騒がれている。しかし、それだけの資金源がどこにあるのか。謎が多いところから、報道記者は暴き出そうとして躍起《やっき》になっていた。

「焼け跡から這《は》い上がってきた俺たち世代の、先頭走者ってところか」

大勢の記者たちから取材を受ける朽木は、高度経済成長が生んだ時代の寵児《ちょうじ》だ。

「だが、裏じゃそうとうあくどいことしてるらしいぞ。週刊誌に書いてあった」

「受注工作疑惑か。政治家と官僚《かんりょう》に、金ばらまいてるんだろ」

「そりゃこのご時世、優等生がのしあがれるわけもねえ。怪物っていうのは、そういうもんだぜ」

週刊誌がとりあげるゴシップの数もダントツだ。こき下ろそうとすればするほど、なぜか人気も高まっていく。下世話な好奇心をかきたてる男だ。報道陣の熱気は、つまり、そういうことなのだ。

「海外企業と合弁《ごうべん》会社を作るとの噂がありましたが」

「ロッツバーグ社からの受注に関して、笹倉《ささくら》大臣とのお話は……！」

矢継ぎ早に飛んでくる質問に、朽木は鷹揚《おうよう》に答えた。

「渡米の成果は改めて報告の場をもうけるつもりだ。ではまた」

それでも群がってくる記者たちを、護衛の者が押さえて、道を作る。朽木は迎えの車が待つところまで歩き出した。

その時だ。

朽木の行く手に、ひとりの少年が立ちはだかった。制服を着た中学生だ。

怒りをあらわにして、朽木を睨《にら》んでいる。

「……………。私に何か用か」

「父ちゃんを返せ」

少年は肩から提《さ》げた頭陀袋《ずだぶくろ》に手を差し込んだ。取りだしたのは、出刃《でば》包丁だ。

記者たちは息を呑《の》み、緊張感がみなぎった。警護の者が動きかけるのを、だが、朽木は手で制した。少年は朽木に刃の先を向け、

「おまえの会社の工場が垂れ流した汚い水のせいで、漁場《ぎょじょう》が汚れて、父ちゃんは漁師《りょうし》をやめなきゃならなくなった。仕方なく工場で働き出したが、体を壊して病気で死んだ。母ちゃんは借

金返すために男にまじって夜中まで土木工事して、陥没《かんぼつ》事故で大怪我《けが》負った。三日前に死んじまった。みんなみんな、おまえんとこの工場のせいだ！」

目からは涙を流している。

出刃包丁を握る手は、震えている。朽木はその手をじっと見つめていた。

「殺してやる！　仇《かたき》を討ってやる！」

「やってみろ」

いやに静かな声だった。少年はぎょっとして目を見開いた。

朽木は動じる様子もなく、半眼で少年を見つめ返し、

「仇をとるんだろう。だったら、四の五の言わず、この心臓《しんぞう》を刺し貫《つらぬ》け」

「……う……う」

「どうした。さあ、やれ」

朽木が自ら、間合いを詰める。少年は思わず後ずさった。いっそ厳粛《げんしゅく》なほどまっすぐな眼差《まなざ》しだ。ただそうして黙って佇《たたず》んでいるだけなのに、この威圧感はなんだ。その身にまとう空気には殺気と覇気《はき》とがあり、少年は得体の知れないものを前にした恐怖で、動けなくなってしまった。

「……あ……あ……っ」

とうとう包丁を落として、尻餅《しりもち》をついてしまう。満足に息もできない。

朽木は目を細め、一瞥《いちべつ》しただけで、その横を通り過ぎた。去っていく革靴《かわぐつ》の足下を見ることしかできなかった。

途端に金縛《かなしば》りから解かれたように、記者たちが後を追いかけ始めた。

「朽木さん、次の事業は……！」「献金問題についても一言！」

後に取り残された少年は、震える掌《てのひら》を見つめている。睨まれただけで、力が抜けた。殺気が萎《な》え、ただただ恐ろしい、と感じた。何がそこまで恐怖に駆り立てるのか。

それは少年自身にもわからない。

だが、そうしているうちにわけのわからない衝動が突き上げてきた。得体の知れない恐怖に抗《あらが》おうとする、半《なか》ば本能のような衝動だった。

少年はもう一度包丁を握った。目は血走り、獣《けもの》のように歯を剝《む》きだす。その視線の先には、朽木の背中だけがあった。

「うおおお……！」

雄叫《おたけ》びを発し、包丁をふりかぶって朽木めがけて襲《おそ》いかかろうとした。その手首を、誰かが後ろから摑《つか》んだ。

ぎょっとして、少年は振り返った。そこにいたのは黒い革ジャンパーを着込んだ男だ。ハンチング帽を目深《まぶか》にかぶっている。少年は振り払おうとしたが、男は許さない。手首を握る力があまりに強く、痛みのあまり顔を歪《ゆが》めた。このまま引きちぎられそうだと思ったほどだ。

「は……はなせ……」

「………」

「な……なんだよ……ッ。あんた朽木の用心棒か」

「……みたくない」

え？　と少年が目を剝いた。革ジャンの男は、ハンチング帽で目を隠しながら、言った。

「こんなところで年端もいかない学生が、死ぬところは見たくない」

少年は息を呑んだ。

男はつばの陰《かげ》から眼光鋭く、睨んでいた。

「奴《やつ》には関わるな。恨みは飲み込め。親の仇討ちよりも自分の人生を生きろ」

「おれは刺し違えるつもりでここまで来たんだ！　朽木を殺しておれも……っ」

「死ぬのは、おまえだけだ」

是非《ぜひ》も言わせない。

「無駄死にするな」

少年は、へたりこんでしまう。

男は包丁を取り上げた。そして、両端を握ると、まるで飴《あめ》でもねじるように、刃先をねじ曲げてしまう。人間業《わざ》ではない。

我が眼を疑っている少年に、男は使い物にならなくなった包丁を返した。

「……朽木は死なん。日本中に何十発も水爆を落とされて、日本人が全員死んだとしても、ただひとり生き残る男だ。あいつを殺せるのは」

「殺、せるのは？」

加瀬《かせ》は、顔をあげた。出口にいる朽木を見た。

記者に囲まれている朽木が、その視線を感じたように、足を止めて、肩越しに振り返った。

ふたりの距離は三十メートル。しかし、そこにはたくさんの人間がいる。

加瀬と朽木は、だがそこには何も障壁《しょうへき》がないかのように、睨み合った。高いエネルギーを持つ存在同士は、互いの気配をどこにいても察知するとでもいうように。

居合わせた者たちは、そこにいるだけでどれだけの危険に晒《さら》されているのか、全く気がついてはいない。

一度巻き込まれれば、死を免《まぬが》れない。そんな状況下なのに、誰も気づいていない。

朽木は一瞬微笑《ほほえ》み、きびすを返して迎えの車へと向かう。加瀬は手を出さなかった。巻き添えも辞さないつもりだったが、そこにいた少年のために、手を出さなかった。

「……あんたは、もしかして」

「…………」

「加瀬、賢三《けんぞう》か？　指名手配犯の。あの『殺人犬』の加瀬賢三かい！」

景虎《かげとら》は答えない。ただ薄暗い眼差しをしている。

国際便の到着を知らせるアナウンスが、空港に響く。

一際大きなジェット音が、それをかき消した。

信長《のぶなが》は気づいていた。

迎えの車に乗り込んだ時、ようやく森蘭丸《もりらんまる》にそれを告げた。

「景虎が、飛行機を……ですと」

朽木慎治――織田《おだ》信長は、後部座席で脚《あし》を組み、うなずいた。

「我々の乗った航空機を《力《りょく》》で破壊するつもりでやってきたのだ」

「まさか……一体どこで」

「空港で待ち受けていた。飛行機事故を装って、我らを殺し、《調伏《ちょうぶく》》するつもりだったのだ」

蘭丸は絶句した。そんな重大な危機に晒されていたなど、今の今まで、知り得なかった。気づいたのは、信長ひとりだったのだ。

「しかし、あれだけの速度で飛んでくるものをどうやって」

「景虎ならば、飛んできたジェット機を破壊することなど朝飯前だ。機体ごと仏法力《ぶつぽうりき》で密閉すれば、肉体が破壊されても魂《たましい》は逃れられん。仏《ほとけ》の檻《おり》に閉じ込めたところを《調伏》する」

信長は表情ひとつ動かさず、前を凝視して、言った。

「――危ないところだった」

顔色は変わらないが、膝《ひざ》におかれた拳《こぶし》がかすかに震えている。手が震えるほどの危機的状況だったのだ。そんな信長をいまだかつて見たことがない蘭丸は、戦慄《せんりつ》した。

「いつ、お気づきに……」

「着陸直前、機体ごと不動明王《ふどうみようおう》の金剛炎《こんごうえん》に包まれた。あれは特殊結界《けつかい》の一種だ」

いかな信長の力をもってしても、打ち破ることは不可能だった。信長がまごうことなき「死」を覚悟した一瞬だった。

「そこまでしておきながら、なぜ、何事もなく」

「知らぬ」

何か不測の事態でも起きたのか。だが、仕留めるつもりなら仕留められていた。完全にロックオンされていた。心の中では確実に、起爆スイッチを押していただろう。

勝敗は、決していたのだ。

「あの瞬間、わしは負けた。この信長は一度《調伏》されていたのだ。……おのれ……景虎め……」

こめかみに血管が浮いている。うっすら脂《あぶら》汗が浮いている。記者たちの前では、悠然としていたが、内心は屈辱《くつじょく》に震えていた。いっそやられていたほうがマシだった、と言わんばかりだ。信長は青白い顔で、正面を睨み据《す》えた。

「……ゆるさん……ゆるさんぞ……景虎」

蘭丸は膝に額《ひたい》をこすりつけんばかりに、頭を下げた。

「あとしばし……しばしお待ちくださいませ」

「待てとは」

「《霊都化計画》は中断を余儀《よぎ》なくされましたが、上杉《うえすぎ》の協力者崩しは着々と。息のかかった連中も、おのが進退がかかってくれば、恐れて身を引くことでしょう。夜叉衆《やしやしゆう》はもはや社会から抹殺《まつさつ》されたも同然。世論は我らの味方であり、司法は我らの楯《たて》となりましょう」

「世論も司法も、肉体を換えてしまえば無力」

「ゆえにとどめを刺すのです」

蘭丸は鷹《たか》のような目になった。

「かの計画。あと少しで完成いたしまする」

「……。夜叉封じのか」

「大峰山《おおみねさん》の暗照大師《あんじようだいし》を覚えておられましょうや」

「あの男か。闇《やみ》の弘法大師《こうぼうだいし》と呼ばれる……」

「封印を解くには十年の月日を要しましたが、必ずや、殿のお役に立てることと」

信長は神妙な眼差しで、宙の一点を凝視していたが、やがて暗い笑みを刻んだ。

「闇の弘法大師。あの景虎から、牙《きば》を抜くことができると申すか」

「その闇弘法を甦《よみがえ》らせるために精鋭が三十、犠牲になりました。しかし手に入れるべき剣にございます」

「剣か。夜叉斬《ぎ》りの」

「……恐れながら、上杉が最大の切り札を持ち出す前に、決着はつけるべきかと」

信長は黙った。

その切り札が、一番の脅威《きょうい》だ。

車窓には、建築工事が進む首都高速道路が見えてくる。高架道路が緩《ゆる》いカーブを描いて交差する景色は、まるで近未来を描いた仮想漫画のようだ。

だが、そこに使われているセメントは、霊セメントではない。

プラントを破壊され、供給を断念した。信長にとっては、屈辱の光景でしかない。

「……ただでは起きんさ。列島の霊化をなすまでは」

すでに局面は、新たな段階に入っているということだ。

「──わしと景虎のちがいはなにか。わかるか、阿蘭《おらん》」

蘭丸は、は、と答えたきり、詰まった。無数にあるようにも思えたが、信長が言っていることはそういうことではなさそうだ。

「奴は、四百年も生きておりながら、何ひとつ、脱し得なかった。何ひとつだ」

信長は半眼になり、雲間から差し込む光を眺めた。

「この勝負は先に気づいたものが勝つ。人は生死という牧柵《ぼくさく》に守られる羊。奴らは牧羊犬に甘んじすぎた。吠《ほ》えることしかできぬ。だがな、阿蘭」

「は……」

「牧柵は、壊せるのだ」

国会議事堂の塔の向こうに、日が沈む。

信長は薄く微笑した。

「……求められれば、ステージに立つより他あるまい」

*

ターミナルの送迎デッキから、景虎は離陸していく航空機を眺めていた。

目の前に並んでいる白い機体には、タラップがかけてあり、ぞろぞろとターミナルから搭乗客が乗り込んでいくところだ。また一機、ゆっくりと滑走路《かっそうろ》に向かって動き出した。

その隣から、声をかけた者がいる。——宮路良《みやじりよう》こと、安田長秀《やすだながひで》だった。

「……作戦失敗か。大将」

景虎はくわえ煙草《たばこ》のまま、振り返りもしなかった。長秀は苛立《いらだ》ち気味に、

「多少の犠牲は覚悟の上だったんじゃねえのか」

「海に落とすはずだった」

吐いた煙が、曇天《どんてん》に溶けていく。

「だが風向きが変わってコースが変わった。滑走路に別の航空機もいた。奴の搭乗機があそこに墜落《ついらく》していたら、百人以上、巻き込まれていた。だから中止した」

「信長のガードは固い。地上じゃ、簡単には手が出せん。千載一遇《せんざいいちぐう》だったたっつーのに――」

と言い、長秀はいまいましげに、手元にある箱の蓋《ふた》を閉めた。管制塔のやりとりを傍受《ぼうじゅ》するための小型無線機だった。

「ったく悪運の強《つえ》ぇ男だ。次の手を考えなきゃな」

「ここから無事帰れたらな」

景虎の言葉に、長秀もハッと振り返った。展望デッキの入り口に警察官の一団がいる。こちらに拳銃《けんじゅう》を構えている。ジュラルミン楯を構え、ふたりを囲むように近づいてくる。

「加瀬賢三と宮路良だな。セメント工場連続爆破、殺人及びに拉致《らち》容疑で指名手配されている。両手をあげて、そのままおとなしく――」

景虎と長秀は、目と目で合図した。

わざわざ捕まって、疑いを晴らしている時間などない。かといって、これだけの数にまとめて催眠暗示をかけるには手間がかかる。ずらかるぞ、と長秀が囁《ささや》いた。次の瞬間には、もう《力》を使って、男たちを吹っ飛ばしている。

突風にあおられたかのように倒れ込んだ男たちを尻目に、ふたりは走り出した。階段口には向かわず、フェンスを乗り越えた。

「先に行け！　景虎！」

返事をするより先に、景虎は屋上から飛び降りた。すかさず発砲してきた警官を、長秀が念で倒し、後に続く。三階ほどの高さも一気に飛び降りた。

「こっちだ、長秀！」

バイクにまたがり、長秀がその後ろに飛び乗る。ふたりを乗せたバイクは、警察の検問も大ジャンプで軽々と突破した。

後からパトカーが追いかけてくる。ここまで来れば、いつもの手だ。長秀が《力》でパトカーのタイヤをパンクさせる。車軸《しやじく》を壊す。コントロールを失ったパトカーは、次々と追跡不能になった。

「振り切るぞ。つかまってろ」

渋滞する車の列を縫《ぬ》うようにして、逃げる。追跡を振り切ったかに見えたその時だった。ふたりのバイクを黒い煙のかたまりが包み込んだのは。

それは織田の操る念雲《ねんうん》だった。怨念《おんねん》を練って煤《すす》となし、視界を奪って事故を起こさせる。長秀が呪符《じゆふ》で追い払う。景虎は極端に暗い視界に耐えて、振り切るため、アクセルを開く。執拗《しつよう》だ。車列を外れ、埠頭《ふとう》へと向かった。

「飛び降りろ……！　長秀！」

ふたりは同時に飛んだ。空になったバイクは念雲を伴《ともな》ったまま、一直線に走り、海面へと突っ込んだ。アスファルトに転がったふたりは、顔を煤だらけにして、大きく息をついた。

「ったく。織田の奴らもしつけえな……」

長秀が服をはたくと、少し離れたところで景虎が倒れ込んでいる。打ち所が悪かったのではなく、ひどい息切れで動けないのだ。

「おい、しっかりしろ。だから言ったんだ。無茶すんなって」

長秀の手を払い、景虎はゆっくり身を起こした。肩で速い呼吸を繰り返す。痩《や》せた頰《ほお》は青白く、唇《くちびる》は赤みを失って紫《むらさき》色になっていた。朦朧《もうろう》としている。

肺が悪化して少しのことで息切れをする。人目を避けて横になっている時も増えた。ひどい倦怠《けんたい》感で、立っているのすらつらいはずだ。

「……オレが無茶しないで、誰が信長を仕留められる」

「馬鹿《ばか》にしてんのか。てめえ」

肩を担《かつ》いで立ちあがる。その時だった。

海のほうから轟音《ごうおん》とともに火柱が上がった。海中に沈んだバイクが、何かで引火したらしい。振り返ったふたりは、息を呑んだ。海面が盛り上がったかと思うと、そこから再び、海底のへどろを得た念雲が湧き上がってきたのだ。

しかも、その念雲は海中に眠っていた怨霊《おんりょう》をも巻き込んで、肥大《ひだい》化している。

ふたりめがけて襲いかかってくる。長秀は景虎をかばって念を撃ち込んだ。分厚い念雲を吹き飛ばしたのを見て、景虎が印を結んだ。

「〝《バイ》〟！」

怨霊たちは一息で外縛《げばく》されてしまう。景虎は震える手で印を保持しながら、

「南無刀八毘沙門天《なむとばつびしゃもんてん》……あっき……せい……」

しかし後が続かない。肺に力が残っていないのだ。すかさず長秀が、景虎の外縛の上から覆《おお》うように、自らも外縛をし、言葉を引き継いだ。

「悪鬼征伐《あっきせいばつ》、我に御力《おんちから》与えたまえ！　《調伏》！」

解き放たれた白光が、怨霊たちを包み込み、飲み込んでいく。《調伏》の威力で海面がザザッとうなりをあげ、波頭がたち、沖へと押し返されたが、それは数秒のことだった。

波はやがて何事もなかったかのように、波止場《はとば》へと打ち寄せ始めた。

「おい、大丈夫か。しっかりしろ、景虎！」

呼吸困難を起こしている。喉《のど》を押さえて苦悶《くもん》する景虎に、長秀が手をかけた時だった。

一台の車がタイヤを鳴らして、ふたりのすぐそばに急停止した。

降りてきたのは、八海《はっかい》だ。

「景虎様！　大丈夫ですか」

「おい病院だ。こいつもう肺がろくに、……って、おまえ」

後から降りてきたのは、直江《なおえ》だった。小脇にはアンビューバッグを抱え、手際よく、景虎の口元に吸入マスクをかぶせていく。胸の上下を確認しながらバッグを繰り返し押し潰《つぶ》し、酸素吸入を始めた。

「……元医大生はだてじゃねえな」

「ろくに走れもしないくせに」

直江は手を休めず、淡々《たんたん》と、

「……このままだと死ぬ。車に運ぶぞ、長秀」

*

「こんなになっちまうまで、なんで放っておいた！」

診療所に運びこまれた景虎を見て、麻生《あそう》医師は直江たちを叱《しか》りつけた。

「言わんこっちゃない、おい小峯《こみね》くん、ボンベ持ってきて！」

新橋《しんばし》の路地裏にある小さな診療所は、景虎のかかりつけの医師がいる。げんこつ顔に銀縁メガネをかけた、六十代の男性医師だ。「新橋の赤ひげ」とも呼ばれていて、横丁の住人から頼りにされる腕のいい医者だった。よれよれの白衣から聴診器を取りだし、てきぱきと指示を出していく。直江も処置を手伝った。

飲み屋街にある診療所は天井も低く、狭いが、急患や泥酔者《でいすいしゃ》を寝かせておくための簡易ベッドが置かれている。そこに景虎を寝かせて、容態が落ち着くのを待った。

「まったく……。いい加減にしろよ」

机に向かい、カルテを書きながら、麻生医師は舌打ちをした。

「治したいなら、まともな病院に行け。加瀬にはずいぶん前に紹介してあったはずだ。こんなその場しのぎを繰り返しても、悪くなる一方だ」

「行かせられるものなら、とうに行ってます」

「………。まともな病院にかかれないってーのは、こいつのせいかい」

回転椅子《いす》をまわして振り返った麻生の手には、顔写真つきの書類が一枚。

指名手配書だった。

写っているのは、他でもない、夜叉衆の五人なのである。

麻生は、長秀と直江を手配書の写真と見比べて、メガネの奥の眼を鋭くした。

「……お尋《たず》ね者が雁首《がんくび》並べて来やがって。左翼《さよく》の過激派グループだと？　工事中の橋脚《きょうきゃく》やセメント工場を吹っ飛ばして、ひとを拉致監禁した挙げ句、殺した？　本当なのか」

重い空気が漂った。

手配書は全国に配られている。上杉夜叉衆は警察に追われる身だった。

橋脚破壊と工場破壊に関しては、事実だ。だが、爆発物を使ったものではないから、証拠など簡単には出てこない。だが、迷宮入りを、織田が許すはずもない。

織田は六王教《ろくおうきょう》を通じ、旧軍関係者と深く繋《つな》がっている。権力層に返り咲いている者もいれば、黒幕となって影響を与え続ける者もいる。警察が、彼らの非合法も検挙できないのは、そのせいだ。裏を返せば、無実の者を陥《おとし》れることもできる。

証拠がなくても犯人に仕立て上げることも。

景虎が常々「警察はあてにならない」と切り捨てるのは、そのせいでもあった。

「……過激派なんかじゃありません」

「じゃあ、なんなんだ。指名手配されるような人間どもが、何もないわけないだろう」

直江も長秀も、押し黙ってしまう。

麻生はいらついたように、白髪まじりの頭をかいた。

「そりゃ、こんなとこに診療所かまえてりゃ、日なたを歩けない連中を診ることも、よくある。だからって、犯罪集団の手助けするほど落ちぶれちゃ」

直江が懐《ふところ》から封筒を取りだし、机に置いた。

麻生はじっとそれを見つめていたが、

「……こりゃなんだ。金で黙らせるつもりか」

「加瀬さんの治療代です。足りない分は、数日後に用立てします」

「そんなこと言ってるんじゃない」

麻生が金を突き返した。

「加瀬は何をやってるんだ。指名手配なんかされるような男じゃなかったはずだ。おまえらが引きずりこんだのか。おまえら、いったい何なんだ！」

「……正義の味方ってやつは、面倒臭いんすよ」

長秀が投げやりに言った。

「警察も懐柔《かいじゅう》してる奴らなもんで、ほとほと手を焼いてます」

「なんだ、そいつらは。マーケットあたりか」

「んな可愛《かわい》いもんじゃない」

「なら、誰だ」

「……言わないでいい」

カーテンの向こうから、声があがった。景虎だった。酸素マスクを引きはがし、もう起き上がって、上着を着ようとしている。

「おい、なにやってる！　勝手に起きるな！」

「お世話になりました。……行くぞ、直江。長秀」

引き留めたのは、長秀だった。

「そんな死人みたいな顔色して、警察に囲まれたら、今度こそ逃げられねえぞ」

「大丈夫だ。心配ない」

麻生が、お手上げだ、というように溜息《ためいき》をついた。そして机の中から、前もって用意していたとおぼしき薬の袋を、景虎に差し出した。

「十日分だ。持ってけ」

袋がふくれるほど、たくさんの薬が入っている。

「先生」

「いいか。こんなのは気休めだ。放っておけば一年持たん。治療だ。治療に専念しろ。警察から逃げ回るようなヤクザな生活は死期を早めるだけだぞ。聞いてるのか、加瀬」

行くぞ、と言って去りかけた景虎に、麻生が声をあらげた。

「おまえは俺の患者だ。勝手に治療放棄するのはゆるさんぞ！」

「………」

「薬を飲みきる前に来い。必ずだぞ！」

景虎は深々と一礼した。返事はしなかった。約束を守る自信がなかったからだ。

外に出て、引き戸を閉めると、冷たい風が首筋をわななかせた。あたりはすっかり暗くなっていた。赤提灯《あかちょうちん》が夜風に揺れている。路地の飲み屋からは、明るい笑い声が聞こえていた。

「公安の志木《しき》さんが、更迭《こうてつ》されました」

開口一番、直江が言った。

「法務省の人事で、佐田《さだ》事務次官が外局に圧力をかけたようです。こちらに協力的だった者数名とも、すでに連絡がとれず……」

「失脚したのか」

「守りきれませんでした」

公安調査庁の志木は、景虎の協力者だった。

六王教を解散させるため、最前線で戦ってきた。が、内部にいる織田方の人間との派閥《はばつ》争いに負けた形だ。トップを織田方に牛耳《ぎゅうじ》られ、左翼ゲリラ対策の不備に責任をとるとの理由で、更迭された。

背を向けたまま、景虎は飲み屋のトタン屋根の向こうに浮かぶ月を見あげた。

「……殺されなかっただけ、マシ、と思うしかない」

「どうかね」

長秀はまくり上げた袖《そで》を戻しながら、言う。

「生かしておいたのは、俺たちのことを根掘り葉掘り聞き出して、証人にさせるためだろう」

ずっと味方であってくれた人物だ。信長が朽木として復活する前からの同志だ。六王教を解体するために共闘し、力を尽くした。脅《おど》しや圧力にも屈しない、気骨ある男だった。

自分たちと関わったばっかりに……。

とは、景虎は思わない。思ってしまったら、敵の思うつぼだ。

(これは戦争だ)

味方が撃沈された。だが僚艦《りょうかん》を失っても、砲撃を止めるわけにはいかない。

「……次の手を考える」

直江が、そんな景虎の横顔を凝視している。

（切れるカードは、いくらも残っていないはずだ……）

織田の霊都化計画を食い止めるためだった。

環状道路を用いた結界。

霊的に「汚染」されたセメントが使われるのを止めるため、景虎たちは、受注そのものをひっくり返すために閣僚《かくりょう》まで巻き込んだ。建設工事がらみの談合を暴いてマスコミを騒がせたのも、国家規模の大事業から、織田方企業を排除するためだ。伏魔殿《ふくまでん》のような建設省に協力者を作り、派閥抗争にもちこんだのも、高官の収賄《しゅうわい》を暴いて更迭させたのも、織田の影響力を完全に除くためだった。

もう《力》で決する戦いではない。

織田はこの国に深く根を張った。人脈という根を張った。活動の基盤になったのは六王教だが、もう六王教ひとつを攻撃したくらいでは、枯らすことはできない。

信長の掌で動く、ひとつの永久機関へと完成しつつある。

（《調伏》だけで解決できるような、単純な戦争じゃない）

人間と関わり、人間と結び、人間を従わせ、人間を動かす。

世間という名の盤上で、知略を尽くして駒《こま》を進める。景虎と信長は、対戦する棋士《きし》だった。次の一手で局面をひっくり返し、それをまたひっくり返し、先の先の先を読み、優勢と劣勢をめまぐるしく行き来して、やがて王手をかける。

盤上を見る限り、優勢なのは信長だ。志木の更迭で、局面が動いた。

認めたくなくとも、認めざるをえない。それが「織田信長」の掛け値なしの力だ。人を得るのに霊力も呪力も関係ない。周りを巻き込んで巻き込んで、一気呵成《いっきかせい》に攻め込んで、敵の駒を取る。

誰よりも、その勢いを感じ取っているのは、景虎のはずだ。

(だからなのか?)

搭乗機を落とす、などという強硬手段に出ようとしたのは。

(この人の焦りがそうさせたのか……)

ふたりを包んでいる悲壮《ひそう》な空気を読みとった長秀が、わざと散らそうと大あくびをした。

「あー……。腹減ったな。駅前の屋台で、なんか喰《く》ってくるわ」

言うと、ふらり、と歩き出し、ひとりで行ってしまう。

長秀が去ると、景虎が力尽きたように膝をついた。すぐに直江が横から支えた。

「やせ我慢して死ぬつもりですか。立っているのもやっとだったくせに」

景虎が手を払った。

自分が情けない。そんな顔をしている。直江に見抜かれた通り、本当はとても歩けるような状態ではなかった。息切れと倦怠感がひどく、立つとめまいがした。

「仏法力は体力がない状態で行使すると、急激な消耗《しょうもう》で命に関わると、あなたなら十分知っているはずでしょう。死ぬつもりだったんですか」

「……これしきで死ぬか」

「死にますよ」

「死んでくれと思ってるんだろう」

景虎は自嘲《じちょう》した。

「死んで、とっとと頑丈《がんじょう》な体に換生《かんしょう》しろと、内心は思っているんだろう」

「……………。そんなだから目が離せないんです」

この体では戦えない、と判断した途端、次の換生のために自死を選んでしまいかねない。

思いつめた眼が、時折、油膜を張ったようにぎらつく。

「役立たずの主人だと思ったら、おまえのことだ。躊躇《ちゅうちょ》なくオレを刺し殺して、次の誰かに換生させるだろうよ」

「どうして手を下さなかったんです」

景虎は暗く睨み返した。直江は冷徹に、

「信長のことです。搭乗機を落とさなかったのは、無関係の者を巻き込みたくなかったからでしょうが、あなたと信長の違いはそこです。信長なら、目的のためなら何人でもためらわず殺した」

「おかげで比叡山《ひえいざん》にも長島《ながしま》にも、たくさんの怨霊が生まれた。そいつらを《調伏》するのに、何年かかったと思う」

「それでも今日殺すべきだった」

突き放すように直江は言いきった。

「今日、あなたは決定的なチャンスを逃したんです。全《すべ》てを終わりにできる機会を」

景虎は沈黙している。

「信長なら絶対に逃さない。迷うことなく核ボタンさえ押すでしょう。そこがあなたと信長の差です。目的を果たすために絶対悪を背負いきる強《したた》かさが、あなたにはないんだ」

睨み返してきた眼差しは、凶刃《きょうじん》のようだった。

憎しみで暗く煮えていた。

「……オレは間違えない」

「景虎様」

「たとえ二度とない好機だったとしても、それに巻き込まれて、たった一度しかない人生を断たれる人々を、この手で生み出したりなどしない」

静かだが、迷いのない語調だった。それは四百年間、大勢の初生人《しょせいじん》と向き合ってきたからこそ出てくる言葉であり、信長からは到底生まれるはずもない言葉だった。

直江は、凝視した。

「……そのせいで、未来で犠牲になってしまう人々のことは、考えないんですか」

「いま生きてる人間と向き合えないで、どうして未来のことなど考えられる」

「後悔しますよ」

「後悔しないよう、死ぬ気で、次の手を考えるだけだ」

こういう時の景虎の言葉は、ひたすら力強く、晴家《はるいえ》や勝長《かつなが》や八海たちにとっては、暗闇の中に横たわる光の道のように感じるだろう。

だが、いっしょになって心動かされるには、直江はもう擦《す》れすぎた。苦境を照らす光にも、反発しか覚えなくなってしまった。

口先だけだと軽蔑《けいべつ》しているわけではない。きれいごとに辟易《へきえき》しているのとも違う。

ただ景虎が、景虎らしくあればあるほど、反感が頭をもたげ、とまらなくなる。理由なんて、直江にはわかっていた。

(くだらない理由だ)

実に、実に、くだらなくも浅ましい理由だ。

誰にも言いたくない。絶対に。

「……冷えてきたな」

景虎が遠い目をして、狭い夜空を仰いだ。

「勝長殿たちと連絡はとれたのか」

「松川《まつかわ》神社は包囲されているので、村内《むらうち》を通じて、隠れ家を用意してもらいました」

景虎たちに協力してくれている情報屋のことだ。

夜叉衆五人は指名手配犯だ。世間の目をかいくぐらなければ、ならない。

「長秀の写真事務所も、とうに警察に押さえられているだろうから」

証拠品になりそうなものは、全て押収されただろう。勝長も、もう病院勤務はできない。いまや、五人は逃亡者だ。

「松川神社の結界は」

「織田の攻撃が日増しに」

「あの場所に、あり続けることが大事だ。攻撃をどれだけくらっても、死守しなければ」

理由は、あの場所が、日本の政治が動く場にあるからだ。永田《ながた》町には与党の党本部もあり、議員会館もあり、なにより国会議事堂が近い。国会で議員たちにおかしな術をかけられるのを防ぐためにも、あそこだけは失えない。

陥落《かんらく》したら、おわる。

「織田の霊都化計画は、全国の霊地から、霊力を集められなければ、そもそも完成しない。高速道路という名目の霊の道だ。物流という名目で、霊の力を行き来させる。霊地と霊地を結ぶ、送電線のようなものだ。日本中の霊地の力を掌握《しょうあく》することが、織田の真の目的だ。そいつが完成したら松川神社などひとたまりもない」

「守りきれますか」

「……そのために、戦ってる」

景虎は直江の肩を借りながら、立ちあがった。

「最悪の事態に備えて、冥界《めいかい》上杉軍の発動も、選択肢《せんたくし》に入れている」

「発動を……っ」

直江は景虎の顔を覗《のぞ》き込んだ。

「冥界にいる上杉軍団を、東京に呼び込むんですか！　しかし」

「発動して、ただで済んだ試しがない」

今までにも、ほんの数えるほどしかない。天の闇界《くらきほとり》にいて発動を待つ霊の軍団だ。景虎の最強調伏法である《結界調伏》が発動できない場合、もしくは、それですら手に負えない場合のみ、と定められている。

「かつて冥界上杉軍が発動した場所には、何年も人が住めなくなりました。残留霊気が人を寄せつけなくなることもある。それをこんな東京の真ん中で」

「だが、首都が織田の手に落ちるのを、指くわえて見ているわけにいかん」

それが景虎の考える「最終手段」だと。

直江は緊張した。そうなったら、この東京が最終決戦地になる。

「覚悟だけはしておけ」

「……………。御意《ぎょい》」

(だが、こんな体で開扉法《かいひ》が果たしてできるのだろうか……)

開扉法を執り行った時の体力消耗は、半端ではない。耐えられるとも思えない。だが、冥界上杉軍を発動する権限は、大将である景虎にしかない。代わりは誰にもなれない。

——その時は、オレを殺して他の肉体に……。

直江は思わず自分の手を見てしまう。

その時だった。

「……そこにいるあんた、加瀬賢三かい」

突然、声をかけられて、ふたりは同時に身構えた。路地の先に、男がひとり佇んでいる。

「誰だ。おまえ」

ねずみ色のジャンパー姿の男は、景虎たちに封書を一通、差し出した。

「こいつを渡せと頼まれた。新橋の診療所に行けば、会えると」

「誰に頼まれた」

「確かに渡したぞ」

　男は帽子を目深にかぶり、背を丸めて足早に去っていく。景虎たちは胸騒ぎがした。すぐに開けると、中に入っていたのは、未現像のフィルムだ。

「なんなんだ、これは……」

　直江が路地の先からやってくる二人連れの中年男に気づき、素早く景虎の腕を引いて、物陰に隠れた。二人連れは麻生の診療所に入っていった。刑事だ。立ち寄り場所と目星をつけられている。

「裏通りでタクシーを拾いましょう。ここはもう危ない」

「長秀は」

「ひとりなら、うまくやれるはずです。さあ」

　動きかけた景虎が、また崩れるように膝をついた。移動は無理だと気づいた直江は、景虎におぶさるよう言った。景虎は拒《こば》んだが、

「四の五の言わずに。早く」

　路地の反対側にも、パトロール中の警官が、聞き込みをしている。景虎は仕方なく直江の背にしがみついた。景虎を背負った直江は、暗がりを選んでその場を離れた。

＊

北里家《きたざと》にふたりの刑事がやってきたのは、夜も十時を回った頃だった。

応対に出たのは、養母だった。去年末、演奏会のホールで多数の怪我人が出る事件があって、居合わせた北里親子は、警察から何度か状況を聞かれたことがあった。またそのことかと思ったのだ。

「加瀬賢三……いえ、あの日以来お見かけしてはいませんが」

母親と警察のやりとりを、美奈子は物陰からじっと窺《うかが》っている。警察は美奈子と加瀬の関係を根掘り葉掘り訊《たず》ねて、帰っていった。

加瀬と笠原尚紀《かさはらなおき》が指名手配されていることは、両親も知っていた。

「美奈子《みなこ》、ここに来なさい」

母親に呼び出されて、美奈子はソファに腰掛けた。

「本当に、あのふたりとはもう会ってはいないのでしょうね」

「会っていません」

加瀬はテオトコス事件で美奈子を助けた恩人だ。母親もそれを知っていて「美奈子の身辺に起こる不穏な出来事について、相談できる人物」だと信頼していたこともあった。

その人物が指名手配犯だったと知り、少なからず衝撃を受けている。

嘆《なげ》かわしい、とばかりに、母親は瞳を潤《うる》ませた。

「確かに……婚約者だった武彦《たけひこ》さんの振る舞いには目に余るものがありました。結納《ゆいのう》を先延ばしにしたのは、お父様のお体がよくなるのを待つためと言いましたが、実のところは、武彦さんの反省期間です。だからといって、ご破算にはなりません。あなたには北里の家に跡取りを残す大切な役目があるのです」

「ですから、会っていません」

　会おうと思っても会えないのだ。こんな状況では。

「私に危害を加えてきた者たちが、加瀬さんたちに濡《ぬ》れ衣《ぎぬ》を着せているのです。警察はそれを鵜《う》呑《の》みにしているのです」

「あなたに危害を加えるものたちの目的はなんなのです。なぜ、あなたがこんなことに巻き込まれねばならないのです」

「それは、私が」

　龍女《りゅうじょ》の血を引く者だから、と言おうとして、口をつぐんだ。柱時計が十一時を知らせる。ふたりしかいない広い家に、寒々《さむざむ》しく響いた。

「彼らは何者なのです。なぜあなたを守るようになったのです。わからないことだらけだわ。あのガス爆発でばあやが死んでから、不吉なことばかり……」

「お母様」

「あなたは一体なんなのです。あまりにも不可解なことが多すぎます。あなたが来てからというもの、この北里家は何かおかしくなってしまったんだわ……！」

養母は我に返った。美奈子は悲しそうな目をしている。

「お母様。……私は」

美奈子は一度目をつぶると、静かに顔をあげた。

「結婚はできません」

「え」

「武彦さんとの結婚は、できません」

「武彦の振る舞いが許せないのですか。若い頃の気の迷いなど誰にでもあることです。身を固めて、一家の主《あるじ》となれば、きっと自覚が……」

「できません」

美奈子は顔をあげて、はっきりと告げた。

「私にはできないのです。お母様」

「誰か他に、好きなひとがいるのですか」

「……………」

「あの、笠原という人ね」

美奈子は虚《きょ》を突かれた。そこで尚紀の名が出てくるとは思わなかったのだ。

「私も女ですから、年頃の殿方に恋慕《れんぼ》する気持ちはわかります。でも恋愛と結婚は別です。あなたは若いからまだ区別がつかないだけです。家に嫁《とつ》ぐというのは、女にとって報酬《ほうしゅう》のない一生の仕事なのです。ましてあなたは養女ではありませんか」

「お母様……」

「世間から後ろ指を指されるような人が、あなたを幸せにできるとも思えません」

「いいえ……いいえ、お母様。私は幸せにしてもらいたいのではありません。その方が背負っている苦しみを、少しでも取り除けるようになりたいだけなのです」

「犯罪者の妻になって、ですか。日陰者の妻になって、しなくてもいい苦労を背負うのですか。意地悪で言っているのではないの。私はあなたに幸せになってほしいのよ、美奈子」

美奈子は目を瞠《みは》った。

「……お母様……」

「家柄の良い裕福な人と結婚して、温かな家庭を築く。そして夫を支え、育てあげた子供が一人前になって巣立つ姿を見届ける。それが女の幸せというものです」

その言葉裡《うち》には、戦争で実の子を失った悲しみと、果たせなかった夢とがこもっているように、美奈子には感じ取れた。

「恋情は忘れられます。忘れなさい。そして今まで通りの道を歩むのです。立場と肩書きを得れば、人も変わるものです。武彦さんと結婚なさい。全て忘れて、明るく平らかな、皆が通る道を」

美奈子は唇を嚙《か》んで、うつむいた。母の中に立つ壁を目《ま》の当たりにして、それを崩すことの困難さを、今更のように突きつけられた思いがした。

確かに、両親が用意してくれた「幸せ」は、明るく平らかなところにあるのだろう。それを受け入れるのが養女としての役目だった。でも本来の自分の幸せが、そこにあったとは限らないのではないか。

（私の、幸せ……）

美奈子は考えこんでしまう。

柱時計の振り子の音が、薄暗い部屋にやけに響く。

母の痩せた白い指が、ひどく老いて見えた。

*

部屋に戻った美奈子は、窓辺に腰掛けて、ガラス越しに月を見上げていた。

その手には、加瀬が自分のために編《あ》んでくれた護身札《ごしんふだ》がある。

お守り袋に入れて、後生大事に肌身離さず身につけている札だ。指名手配されているのを知ってから、まだ一度も会えていない。

約束の日でもないのにふと金刀《こと》比《ひ》羅《ら》宮《ぐう》を訪れてしまうのは、そこに残る加瀬の気配を少しでも感じたいからかもしれなかった。肩を並べて歩いた時間を心の中でたどっていた。ふっくらとした唇を半開きにして、遠い目をしながら、時折、目元をくしゃっとさせて笑う。レガーロにいた頃は、クールでとっつきにくい印象があったが、素の顔ははにかみ屋で、軽いジョークもよく口にした。

ほのかな煙草の香りに混ざって、なにか得も言われぬ良い香りがした。まろやかさと独特の深みがあって、伽羅《きやら》や白檀《びやくだん》を思わせたが、そのどれとも違う。香水はつけていないし、普段から線香《せんこう》を扱う習慣もないというけれど、いつもまとっている。その香りを嗅《か》ぐと安らかな気持ちになった。

（まるで、仏様のそばにいるような……）

いま思えば、笠原尚紀も、よく似た香りをまとっていた。ただ尚紀よりもずっと濃かったから、もしかして、あれは加瀬の移り香だったのだろうか。

――だったら、どういうつもりで、あの人と会ってるんだ。

凍りつくような瞳《ひとみ》だった。

抜き身の刃《やいば》に身をさらしているようだと感じた。寒気がするような眼差しの向こうに、めらめらと燃えている感情。笠原尚紀が自分に向けてくる感情、あれは明らかに。

（私はどうして気づかなかったの……）

尚紀が吐露《とろ》した「片思い」の正体。

（笠原さん、あなたがずっと想い続けていたのは）

その時だった。なんの前触れもなく、頭の中で、きれいな鈴が鳴った。

美奈子は窓を開けて、身を乗り出した。また鳴った。きれいなベルのような。

電柱の明かりの下に、女が立っている。

地味な服に身を包み、頭にスカーフを巻いている。美奈子には、それが誰かすぐにわかった。

母親に気づかれないよう、庭に面したリビングから外に出た。

「マリーさん……！」

そこにいたのは、小杉《こすぎ》マリーこと柿崎《かきざき》晴冢だった。

「今までどちらにいたんですか。連絡がとれなくて心配していました」

マリーは話せない。声が出ない。

美奈子の手を取り、自分の掌と掌を合わせるように仕向けた。ぴたり、と掌同士をくっつけて、目を閉じた。霊波を同調させるためだ。

《……る……？　きこえる……？　美奈子ちゃん》

頭の中に「別の思念」が入り込んでくる。美奈子はその感覚を知っていた。

「マリーさん……ですか？」

《そう、私よ。よかった。聞き取れるのね》

マリーたちは思念で意志をやりとりできる。美奈子も、霊波を合わせる感覚は松川神社で習得していた。耳を澄《す》ませるかわりに、掌から伝わるものに集中した。

《心配かけてごめんなさいね。私たちは皆、無事よ》
「……よかった。安心しました」
《そっちは大丈夫？》
「はい。監視されている気配はありますが、加瀬さんの札が強くて近寄れないのでしょう」
《そう。まだ効き目はあるのね》
　これを、とマリーがお守りを差し出した。
《景虎から頼まれたの。これを渡してくれって》
「加瀬さんが」
《そろそろ効力が落ちているかもしれないから、新しい護符《ごふ》を身につけるようにと》
　受け取ると、確かに強い。編みたての力強い護符だった。そこに加瀬の心と力がこもっている。たまらなくなった。ふいに加瀬の背中が心に浮かんだ。靖国《やすくに》神社で体を張って守ってくれたあの時と、同じ頼もしさを感じた。
《あなたに会いたがってるわ。本当は自分で渡しに行きたかったでしょうに》
　美奈子は胸が熱くなった。
「加瀬さんの具合は」
《あまり、いいとも言えないわね。誰も見てないところでは、横になってる時が多くなってしまって……》

内心、動揺した。

彼らの危《あや》うい立場を考えれば、容態が悪化しても、看病どころか顔を見に行くことさえできない。自分が彼らの足を引っ張ることだけはあってはならないと思うからだ。美奈子は動揺する心をぐっと抑えて、

「信じます。……あのひとは強いひとだから……」

自分に言い聞かせるように言う。表情は強《こわ》ばっていた。

晴家にはふたりの気持ちが痛いほど、わかる。景虎のほうも、弱っている姿を見られたくはないだろうが、弱っているからこそ、心の底ではきっと会いたいと願っている。

晴家は、意を決して、用意してきたメモを差し出した。

《これ、景虎の主治医がいる診療所。私の代わりに、薬をもらいに行ってくれないかしら》

「加瀬さんの薬を……？」

《ここも警察にマークされているから、私は行けないけれど、あなたになら頼める。薬をもらったらここに書いてある住所に届けて。そのひとに渡して》

受け取ったメモには、知らない名前が書いてある。美奈子はうなずいた。

「はい。必ず」

加瀬のためにできることがある。それが嬉《うれ》しかったのだろう。曇っていた表情が、月の光を受けて慎《つつ》ましく輝いた。そんな美奈子を見て、晴家は不思議に安らぐのを感じた。

景虎が美奈子を愛する理由がわかる。おっとりとした話し方と包み込むような眼差しには、優しさを湛《たた》えている。

（彼女はきっと、あなたにとっての観音様《かんのんさま》なのね……。景虎）

たぶん、傷が深い者ほど、彼女を求めてしまうだろう。それは生身の男女の情愛とは、少し違うものかもしれない。

こちらが守られているような気さえする。

（彼女が弾くピアノにも、それがあった）

月の光を受けた美奈子の横顔は、凛《りん》としていた。

晴家はそこに小さな希望を見いだすのだ。

闇を照らす月だ。彼女は。

晴家自身も不思議と力を与えられている。彼女が微笑んでいてくれることに救われている。

思わず、掌を合わせていた手を強く握った。

暗い夜道の先に、明かりがひとつも見えなくても。

彼女が微笑んでくれるなら、そのかすかな光を頼りに歩いていける。

どうしてそう思えるのか、晴家にもわからない。殺伐《さつばつ》とした言葉が溢《あふ》れる日々だ。微笑みに飢《う》えているのかもしれない。ここは荒野だ。そんな世界で。

美奈子という人間が、微笑みの泉のように感じられるのだ。

(だから、景虎。あなたの気持ちがわかる……。でも)

晴家は美奈子の胸の内を思う。彼女の中に吹きすさぶ、嵐《あらし》を。

(彼女は、観音なんかじゃない)

慈愛を与えるなにかのように感じられるのだとしたら、なにかが彼女をそうさせたのだ。

おそらくは、景虎自身の苦闘が。

美奈子に、彼女自身思いもよらなかったような特性をもたらした。あるいは、花開かせたのだ。

どこにでもいるような夢見がちな娘が、ほんの数年で、尼僧《にそう》のような思慮《しりよ》をみせるようになったのも。

それが彼女の望んだことだとしても。

(私は、彼女の味方でいよう)

聖女なんかじゃない彼女が、幸せになれるように。

暖かな灯《ひ》が、ずっと消えずにいられるように。

第二章　石鎚山の赤子

「阿梨《アリ》　那梨《ナリ》　㝹那梨《トナリ》　阿那盧《アナロ》　那履《ナビ》　拘那履《クナビ》！　……〝《バイ》〟！」

色部《いろべ》勝長《かつなが》の繰り出す《裂炸調伏《れっさちょうぶく》》が、次々と襲《おそ》いかかってくる怨霊《おんりょう》を切り裂いていく。

正確には、かまいたちにも似た「空間の切れ目」に吸い込む。

夜の岩場を駆けながらの《調伏》だ。それを補佐するのは、八海《はっかい》だった。

険《けわ》しい岩山の夜道を走る。月の光だけが頼りだ。

「よし、霊力源の不動堂《ふどうどう》までもうすぐだ！　一気に吹き飛ばして道を作るぞ」

登山靴《とざんぐつ》でぬかるみを踏みしめ、勝長が懐《ふところ》から取りだしたのは、木端神《こっぱしん》だ。幾重《いくえ》にも立ちはだかる魑魅魍魎《ちみもうりょう》の群れに向けて鋭く投げつけた。

「ナウマク・サンマンダ・ボダナン・インドラヤ・ソワカ！」

閃光《せんこう》が走り、あやかしたちが吹っ飛ばされる。それらが消えると、視界の先に月光を浴びる杉林のシルエットがくっきりと浮かび上がった。

古びたお堂からは、強い霊気が火柱のように立ち上っている。

「あれですね」

八海が歩を進めようとした時、勝長が手で制した。誰かいる。

「やっとお出ましか」

現れたのは、白い修行装束《しょうぞく》に身を包んだ男女だ。

六王教《ろくおうきょう》の信者だった。

「おまえたち、織田《おだ》の《鵺《ぬえ》》か」

憑依《ひょうい》されている。織田方の怨霊たちに肉体を提供しているのだ。

「上杉夜叉衆《うえすぎやしゃしゅう》、この石鎚山《いしづちさん》の霊脈を断裂させたのは貴様か」

「断裂とは人聞きが悪いな。おまえたちが人為的にねじ曲げた霊脈を、元に戻したのだと言え」

勝長は手に馴染《なじ》んだ錫杖《しゃくじょう》を握り、大数珠《じゅず》を突きつけた。織田の《鵺》は容赦《ようしゃ》なく襲いかかってきた。

「夜叉即滅！」

《力《りょく》》と《力》がぶつかりあう。錫杖で《護身波《ごしんは》》を強化し、複数攻撃をしのいで反撃する。八海も負けじと呪具《じゅぐ》を操る。だが、相手は全く引けを取らない。

「くそ！　これだから六王教の信者どもは！」

彼らは修行に修行を積んで、肉体の霊力を高めている。体内に念を巡らせやすいよう、鍛錬《たんれん》を重ねた肉体だ。その信者の肉体に織田の霊が憑依する。いわば、鎧《よろい》と武器とを兼ね備えたスーツを霊が纏《まと》うようなもので、一般人に憑依するよりも遥《はる》かに戦闘能力があがる。しかも信者たちは信仰《しんこう》の名の下、自《みずか》ら肉体を捧《ささ》げ、すすんで憑坐《よりまし》となっていた。

激しい攻防戦になった。

「なんて連中だ……ッ。こんな重い念を易々《やすやす》と撃ち続けるだなんて」

「勝長様、私が囮《おとり》になって惹《ひ》きつけますゆえ、一気に引きはがしてください」

「よし、頼む」

八海が本堂へと突進をかけた。攻撃が集中する。護身札《ごしんふだ》でしのぎながら印を結び、

「ノウマクサンマンダ・バサラダン・カン!」

不動明王《ふどうみょうおう》の種字《しゅじ》を観じ、敵の憑坐に雷撃を与える。しかし弾《はじ》かれた。なに、と八海が目を剥《む》いた瞬間、念をまともにくらって吹っ飛ばされた。すかさず勝長が数珠をちぎって投げつけた。

「オン・アサンマギニ・ウン・ハッタ!」

解界金剛炎《げかいこんごうえん》の真言《しんごん》を唱えると、霊狗《れいく》が顕現《けんげん》して、群れとなる。牙《きば》を剥いて《鵺》に襲いかかる。喉笛《のどぶえ》に食いつかれ、憑坐の攻撃がとまった。苦悶《くもん》しながら霊が抜け出そうとあがき始めた。

「〝《バイ》〟!」

勝長がここぞとばかりに外縛《げばく》をかけ、毘沙門天《びしゃもんてん》の真言を唱える。

「南無刀八毘沙門天《なむとばつびしゃもんてん》! 悪鬼征伐《あっきせいばつ》、我に御力《おんちから》与えたまえ! ――《調伏》!」

印を結んだ大きな掌《てのひら》から、猛烈な光圧を伴《ともな》って《調伏力》が解放される。

《鵺》たちは真っ白な光の中に飲み込まれていき、やがて憑坐の体だけを残して、浄魂《じょうこん》されていった。

真昼のように明るかった修験場《しゅげんじょう》に、暗闇《くらやみ》が戻った。信者たちが気絶している。霊狗による攻撃は、生きた人間にはせん妄《もう》を伴う精神攻撃となるが、肉体に傷はつかない。目覚めた時に騒がれては面倒なので、縄《なわ》でしばりつけた。

「これで全部か」

石鎚山に織田が築いた、霊脈の杭《くい》だ。

四国にある霊脈上に壇《だん》を築き、意図《いと》的に霊脈を曲げていた。

「しかし、何のためにこんなことをしたのでしょう」

「これも列島改造のうちなんだろう。おそらく徳島か高松《たかまつ》あたりを霊都化するための」

四国と本州を行き来するためには船に乗らねばならないが、朽木慎治《くちきしんじ》が雑誌インタビューで、瀬戸内海《せとないかい》と鳴門海峡《なるとかいきょう》に大きな橋をかける計画を立てていることを明かしていた。

「そんな巨大な橋、海にかけることなど可能なのでしょうか」

「わからん。だが巨額の高架道路を作って日本中を繋《つな》ごうとしているぐらいだ。海に橋をかけたり、海底トンネルを掘ったり、荒唐無稽《こうとうむけい》だが、信長《のぶなが》ならやりかねん」

勝長は結界《けっかい》を破り、本堂に向かった。鍵《かぎ》を壊し、扉を開くと、猛烈な霊力があふれ出てきた。

「こりゃ凄《すさ》まじい……。こいつで人工の霊脈を作っていたのか」

勝長も息を呑《の》んだ。堂内いっぱいに見たこともないほど煌《きら》びやかな密教壇《みつきょうだん》が築かれ、中央の炉《ろ》では護摩《ごま》が焚かれている。橛《けつ》と橛で仕切られた結界は、五重にもなっていた。

「！　……勝長様、あれを」

「なんだ、あれは」

八海に促《うなが》されて柱を見ると、四方の柱に、人の姿が浮かび上がっている。

「……浮き彫りか？　にしてはやけに生々しい……まさか」

古木の太柱に四人の女が浮かび上がる。これは誰かが彫ったものではない。この柱の中に閉じ込められているのだ。その証拠に、目だけを動かして、こちらを見ている。

《……ころ……して……》

不意に思念波が飛び込んできた。右手の柱の女だった。

《しにたい……おねがい……いっそころして……》

「君たちは、六王教の信者か。人柱にされたのか」

勝長の問いに、女は哀願《あいがん》するような調子で答えた。

《くるしい……体の中に鉛《なまり》が流れて、火でやかれているよう……はやくかいほうして……》

ふたりはあたりを見回した。だからといって、柱を壊せれば、肉体ごと破壊してしまう。

「どうすれば……」

《その塔をこわして……》

結界の中にある。護摩壇のそばにある多宝塔《たほうとう》だ。

《塔の中に霊玉がある。それを砕いて》

勝長は《力》を使って破壊しようとしたが、厳重な結界に跳ね返されてしまう。他の呪符《じゅふ》も歯が立たなかった。

「仕方ない。少し派手にやるぞ、八海。おまえは外に」

「まさか、勝長様」

そのまさかだった。勝長はゆっくりと調息し、丹田《たんでん》に集めた《気》を体中に巡らせ始める。やがて《調伏》と同じ作法で「それ」を生み出した。

「南無刀八毘沙門天！　我はつがえん正義の弓を——懲伏《ちょうぶく》の矢をこの手に賜《たまわ》れ！」

毘沙門弓だった。

本来は怨霊相手に用いる霊弓だが、この弓は《調伏》とは違い、あの世と繋げるためのものではない。毘沙門天の仏法力《ぶっぽうりき》そのものを矢という形に凝縮して、一気に撃ち込むという「武器」だ。多重結界を破る時にも効果がある。

勝長は迷わず射放った。

まるで毘沙門天の弾丸だ。結界の奥深くまで突き刺さり、炸裂《さくれつ》する。凄まじい衝撃とともに結界は吹き飛び、護摩壇ごと多宝塔も破壊された。呪詛《じゅそ》の礎体《そたい》となる霊玉も、粉々になって消滅した。

と同時に柱の中から、まるで目に見えない水槽が砕けたかのように、女たちの体が解放され、大量の水とともに流れ出して、ばたばたと倒れ込んでいくではないか。

「おい、しっかりしろ！　大丈夫か」

人柱たちは幸い息がある。文字通り、生きたまま柱の中に閉じ込められていたのだ。

勝長に助けを求めてきた女も、間もなく目を覚ました。途端に、我を失ったように勝長にすがりついてわめき始めた。

「赤ちゃんは！　私の赤ちゃんは！」

「赤ん坊……？　なんの……おい！　なにをしてる、やめろ！」

まだ火の残る護摩壇に駆け込み、壊れた多宝塔のあたりをなにやら探し始める。よくよく見れば、塔の基壇《きだん》に蓋《ふた》があり、開けると、中からスイカほどの大きさの塊《かたまり》を掘り出したのだ。

勝長と八海は、息を呑んだ。

その塊が突然、ほぎゃあほぎゃあ、と泣き始めたからだ。

「ばかな……っ。赤ん坊？」

多宝塔の下に、生きた赤ん坊がいただと！

「よかった……私の赤ちゃん……あか……」

女は気力が尽きてしまったのか、赤ん坊を抱いたまま、倒れ込んでしまう。

と同時に、護摩壇からゴオッとうなりをあげて、炎があがった。火柱となって燃え上がった護摩の火は、そのままお堂ごと焼き焦がし始めた。

「まずい、八海！　このひとたちを外に運び出すぞ」

ふたりで人柱にされていた者たちを救出する。本堂はますます激しい炎に包まれて、最後のひとりを助けだした直後に屋根が崩れた。燃えさかる炎は真夜中の岩山を明々と照らしだした。

「ひとまず命に別状はないが、だいぶ消耗《しょうもう》している。急いで病院に運ぼう」

「その赤子もですか」

「もちろんだ。しかしなんだって、あんなところに……」

勝長の腕の中で、赤子は激しく泣き続けている。その小さな背中に奇妙な痣《あざ》を見つけた。

「これは……呪符か？」

異国の文字とも幾何学《きかがく》模様ともつかない、不気味な図形だ。間違いない。この赤ん坊は霊脈断裂のための生きた「礎体」となっていたようだ。

勝長はぞっとした。

「なんて恐ろしい連中だ。生きた赤子を使った呪術……とは」

麓《ふもと》のほうから消防車の鐘《かね》とサイレンが聞こえてくる。険しくそそり立つ岩壁に、ふたりの影が映し出される。柱が倒れ、火の粉が舞う。

静寂《せいじゃく》に包まれていた石鎚山麓《さんろく》は、間もなく騒然となった。

病院に運ばれた女たちと、赤ん坊は、一命をとりとめた。

＊

しかし奇妙なことが起きた。意識を取り戻した人柱の女たちに、警察が事情を訊《き》いたところ、経緯《けいい》に関する記憶がきれいに消えてしまっていたのだ。

「身元がわかったそうです」

新聞記者に憑依した八海が、警察が摑《つか》んだ情報を得て勝長のもとに戻ってきた。変装するため、髭《ひげ》を生やし、伸びた前髪を額《ひたい》におろした勝長は、病院近くの宿に偽名で泊まっていた。

織田の人柱にされていたのは、いずれも岐阜に住む女性だった。

「やはり六王教の信者か？」

「配下の者に身元照会させているところですが、本人たちは否定しているようです。ただ先ほどの赤ん坊に関しては」

「あの女性の子供だったんじゃないのか？」

「いえ、それが」

人柱の女は赤ん坊のことも全く覚えていなかった。赤ん坊は生後三カ月ほどとみられているが、人柱の女は出産してはおらず、経産婦でないことは医師も肯定《こうてい》した。赤ん坊の母親である可能性は低いという。

「では『私の赤ちゃん』と言っていたのは」

「そう思い込まされていたのか……もしくは幻覚を見せられていたのかもしれませぬ」

人柱にされていたのは、いずれも女だった。四人が四人とも、同じ幻覚を見ていたとでもいうのか。

「他の三人も母親でないとすると、あの赤ん坊の親はいったいどこに……」

町立病院の前に止まっていたパトカーが走り去っていった。警官が帰ったところを見計らい、勝長は直接、女たちと赤ん坊に会ってみることにした。

「わかりません。本当に何も覚えていないんです」

赤ん坊を助けた女は、丹羽奈津子《にわなつこ》と名乗った。六王教という宗教団体のことも知らないという。どこからなら覚えているのか、と問うと、二カ月前だと答えた。

「勤め先の染色工場に向かう途中で、おかしな人たちに囲まれて、車に連れ込まれたところまでは覚えているのですが……」

《軒猿《のきざる》》の照会結果でも、信者名簿に彼女たちの名前はなかった。どうやら何者かに拉致《らち》されて、人柱にされたという。

「はい。去年結婚しました。子供ですか？　実は……半年ほど前に」

流産してしまったという。

他の三人にも訊《たず》ねてみたところ、出身はそれぞれ岐阜近郊《きんこう》ではあったが、やはり六王教のことは知らないという。ただひとつだけ共通点があった。いずれもこの一年ほどの間に、流産をしたか、幼い子供をなくした母親だったことだ。

「そういえば、何か夢を見ていたような記憶がうっすらと。子供を育てている夢です。死んだ子がまだ生きていて……。そんな夢は、確かに時々見ることはありましたが」

共通点は「子を亡くした母親」だ。もうひとつ、接点が見つかった。

亡くした子の供養《くよう》を、同じ寺で行っていたことだ。

「そこかもしれないな。供養者名簿から目をつけられたのかもしれない」

「織田の者にですか」

「ああ。それでも、あの赤ん坊が誰の子なのかは、解けないな」

「警察情報をあらってみましょうか。捜索願が出ているような乳児がいるかもしれません」

「そうだな。そうしてくれ。その赤ん坊は今、どこに？」

「産婦人科の別の病院にいるそうです」

「会いに行ってみよう。案内してくれ」

勝長は八海とともに昨日の乳児が入院している産婦人科病院に向かった。同じ町内にあり、歩いても五分とかからなかった。教会を思わせる木造建築の病院には、若い夫婦が行き来している。

玄関に入ろうとして、勝長は足を止めた。

すれ違ったのは、若い男だった。腕にはおくるみに包まれた乳児を抱いている。

「おい君、ちょっと待て」

勝長がだしぬけに呼び止めた。

「その赤ん坊……。ちょっと顔を見させてもらえないか」

男は躊躇《ちゅうちょ》した。ピンと来た勝長が、去ろうとする男の腕を掴んだ途端、乱暴に振り払われた。

そこに廊下から看護婦が血相を変えて駆けてきた。

「そのひとです！　赤ちゃんを連れ去ったのは！」

男は脱兎《だっと》のごとく走り出した。待て！　と叫んで、勝長はすぐに追いかける。八海も走り出した。

急ブレーキをかけた車をよけ、路地へと逃げる男を追う。路地の出口に八海が立ちはだかった。男は腕を伸ばし、手も触れずに八海を吹っ飛ばした。

（《力》を使う……！　憑依霊か）

そうだとわかれば、早い。勝長は数珠を握って、九字《くじ》を切った。

「オン・ビシビシ・カラカラ・シバリ・ソワカ！」

不動金縛り法で憑坐の動きを止める。金縛りにあった男は、赤ん坊を抱いたまま、身動きがとれなくなった。

「おい、この子は昨日石鎚の不動堂から助け出した子だろう！　なぜこの子を連れ去った！」

「う……おお……」

　風を切るような音がして、憑坐から憑依霊が逃げた。すぐに外縛して捕らえようとしたが、間に合わない。憑依霊は取り逃がしてしまった。

「赤ちゃんはどこですか！」

　追いかけてきた看護婦たちに、勝長は男が抱いていた乳児を取り返し、引き渡した。男は気絶したまま、ぐんにゃりと座り込んでいる。

「この子は、昨日連れてこられた子供ですか？　石鎚山から助け出された」

「はい。親御さんもまだ見つからず……。警察からはしばらく保護するようにと」

　乳児は乱暴な扱いをされたにもかかわらず、よく寝ている。勝長は怪訝《けげん》に思った。確かに普通の子供ではない。体に宿している霊力が、尋常ではなかった。

（ただの子供ではない。なんなんだ、この赤子は）

＊

「……間違いない。この男ですね」

　朝刊に載った記事写真に、最初に気づいたのは、直江《なおえ》だった。

それは昨日、東京湾で見つかった男の遺体に関する記事だった。所持品から身元が判明したと記事にはある。その顔写真に見覚えがあった。

「新橋《しんばし》で会った男だな」

と、景虎《かげとら》も同意した。麻生《あそう》診療所を出たあと、景虎たちに未現像のフィルムを渡した男だった。首に何かで絞められた痕《あと》があったという。何者かに殺されたのだ。

「私たちにフィルムを渡した直後……でしょうか」

「その可能性が高いな。誰かに追われていたのか？」

男の名は、森尾紀正《もりおのりまさ》。

建築業とだけあるが、詳しい勤め先は書いていない。

景虎は、顎《あご》に手をかけた。

「……この名前、どこかで」

ふたりは今、情報屋の村内《むらうち》が用意した隠れ家にいる。

店舗の二階にあり、少し前まで衣料品業者の倉庫として使われていた。繁華街《はんかがい》にあって、少々人目にはつくが、ほどよく人通りもあるので紛《まぎ》れ込める。裏口から路地にも出られるので、隠れ家には重宝だった。

そこへ、長秀《ながひで》がやってきた。口にはコロッケをくわえている。

「よっ。例のフィルム、現像できたぜ」

「写真事務所に戻ったのか？　警察は？」

「いや。さすがに知り合いのカメラマンから道具借りた。街の写真屋に頼むわけにもいかねーだろ」

封筒には数枚の写真が入っている。長秀が焼いてきた写真だ。

そこに写っていたのは、どうやら名簿のようだ。

「この名前……。建設省の役人だ。こっちは大蔵省、こっちは公安調査庁の」

「織田の息のかかった連中の、名簿か」

「ああ……表に出るような代物《しろもの》じゃない。これはたぶん、織田の内部情報だ」

《この数字はなに？》

と問いかけてきたのは、晴家《はるいえ》だった。氏名の後に並んでいる数字のことだ。

「帳簿では？　実弾ってやつです。賄賂《わいろ》や口利きへの謝礼金の類《たぐい》かと」

そんな写真が二十枚近くある。景虎たちは顔を見合わせあった。内部情報の中でもトップシークレットのはずだ。不用意に世間に出回りでもしたら、途端に大スキャンダルになる。

「誰かが持ち出して流出させようとしていた……？」

「待ってください。これは何ですか」

直江が最後のほうに出てきた写真を見て、怪訝な顔をした。

それだけ、帳簿とは違う。藍《あい》色の紙に図形のようなものが描かれていて、金泥《きんでい》の細かい文字で人の名前らしきものが記されている。美術品の巻物か、中国の古い星図のようにも見えるが、何を意味しているのかはわからない。

「古美術品でもねえし、なんだこりゃ」

「だが、ここに入ってるということは、内部情報に絡んだ何かだろう。解読がいるな」

テーブルの写真を前に、四人で考え込んでいると、ちょうどそこへ電話がかかってきた。受話器をとった直江が、景虎を振り返った。

「色部さんです」

霊脈断裂現象を調査するため、四国に赴《おもむ》いている。景虎が電話を替わり、石鎚での事件に関する報告を受けた。昨日からの経緯と人柱にされた女たち、そして呪詛の礎体にされていた赤ん坊の話を、勝長は簡潔に伝えてきた。

景虎は眉間《みけん》にしわを寄せて聞いていた。

「生きた赤ん坊をですか……。穏やかじゃないですね」

『しかも、その赤ん坊を憑依霊がわざわざ取り返しに来た。今は病院で保護しているが、警察によれば、該当《がいとう》するような乳児の捜索願も、今のところは出ていない。身元がわからないことには、親御さんのもとに返すこともできないからな』

「身元不明の、乳児……」

景虎はしばし思案を巡らせて、わかりました、と答えた。

「こっちでも調べてみます。その赤ん坊から目を離さないでください」

　今まで呪詛の類は色々見てきたが、生きた赤ん坊を使うものなど聞いたためしがない。

「何日も飲まず食わずで生きていた上に、背中には呪符のような痣があったそうだ。霊脈を曲げるための、霊軸《れいじく》に使われたんだと思うが」

「その人柱の女たちのように、どこかから連れ去ってきたのでは」

「六王教の信者の子かもしれないな」

　晴家、と景虎が呼んだ。

「四国に飛んでもらう。勝長殿と合流して、その赤ん坊の霊査と、他にも同じような霊軸が働いていないか、チェックを頼む」

《わかった。今夜の夜行列車で発つわ》

「長秀、おまえは松川《まつかわ》神社に行って、写真の帳簿と資料の照合を」

「了解」

「オレは村内と連絡をとってみる。直江、おまえは滝田《たきた》のところに行ってくれ。フィルムを渡して死んだ男の身元を調べる」

「御意《ぎょい》」

　慌《あわ》ただしく動き始める。長居《ながい》は無用とばかり、長秀はすぐに出て行った。晴家も旅支度を始めている。ひとり、景虎は椅子の背もたれによりかかり、気だるそうに目を閉じた。

直江はそんな景虎をじっと見つめている。

目が合うと、どちらからともなく、顔を背けた。

あとに残るのは、冷えた沈黙だけだ。


駅に向かった晴家を、改札口の前で呼び止めたのは、直江だった。

わざわざ追いかけてきたらしい。人目を避けるよう帽子を目深《まぶか》にかぶった晴家が、どうしたの？　と振り返った。直江は柱の陰《かげ》へと腕を引き、

「景虎様は薬の管理をおまえに任せていたようだが」

《え……ええ。麻生先生のところも警察にマークされてるようだから、他の人にお願いしておいたわ》

「他の……？　《軒猿》か？」

《う、ううん、村内さんの奥さんよ。景虎にもそう伝えてあるから》

晴家がどこか落ち着かない様子で視線を泳がせているので、直江は怪訝に思った。

「そうか……。まあ、そのほうがいいかもしれないな」

直接景虎に訊けばいいのに、それも訊けないくらい主従仲が冷えている。晴家はふたりを残していくのが急に心配になったのか、真顔に戻って言った。

《景虎から目を離さないでね。直江》

「どういうことだ」

《景虎の《力》のこと……。気づいてる？》

「《力》だと……？」

《ここにきてどんどん強くなってる。もちろん今までも十分強かったけど、何か、こう、今までにない感じの勢いで、エネルギーが膨張してるような》

（確かに）

直江は思い当たる場面をいくつか思い出した。橋脚《きょうきゃく》破壊した時も、涼しい顔でなんなくやってのけたし、怨霊相手にしている時も不必要なくらいの強さで圧倒する。

「昔から飛び抜けて強くはあったが、ここのところ過剰《かじょう》だ。異常なほどたやすく構造物を壊してみせたり」

見ていて、少し恐怖を覚えるような時もある。

《……長秀や色部さんもそれは感じてるみたい。長秀なんか、景虎の《力》を見て時々黙り込んでることがある。あいつはプライドが高いから、口にはしないけど》

「信長か？」

こくり、と晴家はうなずいた。

《それしか考えられないわ。信長と戦っているうちにどんどんヒートアップしてしまってるのよ。どこまで強くなるのか、わからない》

「だが、それ自体が悪いことには思えないが」
《問題は、肉体よ。肺が悪化して体力がどんどん落ちている。《力》を肉体が支えきれなくなるかもしれないわ》
「つまり？」
《暴走よ》
直江は目を瞠《みは》った。一般的に肉体が衰《おとろ》えれば、《力》も衰える。しかし、景虎の場合はそうならず、《力》が減るどころか増えていき、やがてコントロールが効かなくなって、自分の《力》で肉体を滅ぼしかねないというのだ。
「その根拠はなんだ」
《時々、念が滑《すべ》る感覚って、わかる？》
自分が発した念の量が自分の思い通りになっていない状態のことだ。憑依霊によく見られる現象だが、肉体と魂《たましい》がちぐはぐな時に《力》が制御できなくなる。
《それと同じ兆候《ちょうこう》が景虎にもあるの。景虎に自覚があるのかどうかは、わからないけど……。お願い。景虎が《力》を使う時は注意して。景虎から目を離さないで》
「…………。わかった」
晴家は直江に託し、駅の改札をくぐっていった。交番の警察官がこちらをちらちらと窺《うかが》っている。掲示板には夜叉衆の指名手配写真が貼《は》ってある。直江はそっと気配を消すようにして、人波に紛れ込むように歩き出した。

(原因は信長なのか)

信長を倒そうとして自分の力以上の力を出そうとしているうちに急速にポテンシャルがあがっていき、それに肉体がついていっていない。《力》が暴走すれば、最悪、自分の肉体を滅ぼしてしまいかねない。

人通りのない裏道に入った直江は、不意に足がもつれてよろけた。電柱にすがりついて、どうにか身を支えた。少なからず動揺していたのだ。《力》が暴走だと？　ばかな……っ。

——死んで、とっとと頑丈《がんじょう》な体に換生《かんしょう》しろと、内心は思っているんだろう。

——役立たずの主人だと思ったら、おまえのことだ。躊躇なくオレを刺し殺して、次の誰かに換生させるだろうよ。

(……あんな想《おも》いは二度としたくない)

最初に換生した時のことだ。景虎の宿体である兵蔵太《くらた》に、人格を喰《く》われかけた景虎を、この手で刺したことがある。あの感触は何度も換生を繰り返した今も、掌に残っている。

(俺に選択しろというのか。あなたは)

(また俺に押しつけるのか)

直江は自分の掌を見つめて、立ち尽くした。

線路を電車が通過していく。

*

「確か、このあたりのはずだけど……」

美奈子《みなこ》が訪れたのは、とある下町の長屋だった。空襲《くうしゅう》の焼け跡に建てられた狭小の木造住宅がぎっしりと集まった一角だ。狭い路地は、三輪自動車が走るのがやっとくらいの幅で、子供がケンケンをして遊んでいる。二階の物干し台には布団が干され、生活感に溢《あふ》れていた。

近所の者に訊いて、やっと見つけた。

「村内……。ここね」

呼び出しブザーもない。美奈子は「ごめんください」と声をかけ、引き戸を開けた。奥から「はーい」と返事が聞こえ、割烹着《かっぽうぎ》姿の中年女性が現れた。髪を丸くまとめた、少しふくよかな色白の女性だ。

「はじめまして。私、北里《きたざと》といいます。小杉《こすぎ》さんからおつかいを頼まれまして」

「ああ、はいはい。承《うけたまわ》ってますよ」

女性の名は、明子《あきこ》と言った。村内の内縁の妻だった。

村内千造《せんぞう》は留守のようだったが、晴家は明子に預ければいい、と言っていた。加瀬《かせ》とも面識があるという。

「こちら、加瀬さんのお薬です。麻生先生のところに行って、もらってきました」

「まあ、わざわざ遠くまでありがとうございます。どうぞ、お茶でも召し上がって」

「あ、いえ……私はおつかいで来ただけですので、こちらで」

「そう言わず。おいしい小豆《あずき》を煮たの。お汁粉《しるこ》食べていって」

朗《ほが》らかな明子に手を引かれ、半《なか》ば、強引に家へとあげられた。居間に連れてこられた美奈子は、次の瞬間、息を呑んだ。

「賢三《けんぞう》さん……っ」

「美奈子。なんでここに」

景虎がいた。村内を待っていたらしい。偶然鉢合わせたふたりを見て、明子は察したのだろう。

「あら、やっぱり。ふふ、お椀《わん》こちらにありますから、加瀬さん、よそってあげてくださいね。私はお豆腐買ってきます。お留守番よろしくね」

というと、明子は割烹着姿のままで勝手口からボウルを持って出て行ってしまった。突然の再会に、景虎も美奈子もひたすら驚いていたが、マリーの企《たくら》みにやっと気づいたのだろう。

「ったく。変なところで気をまわしやがって……晴家のやつ」

お互い顔がほころんだ。目と目を見合わせて、ようやく微笑《ほほえ》んだ。

「ずっと心配していた。警護につけてる《軒猿》から報告は受けていたが」

「私は大丈夫。あなたこそ、こんなことになってしまって……」

指名手配のことを言っている。景虎は深く溜息《ためいき》をついた。

「行動の自由はかなり制限されてしまうが……、信長を《調伏》するまでの間だと思って、なんとか耐えるさ」

「頰《ほお》のところ、どうしたの。血が滲《にじ》んでる……」

「これか？　さっき、霊とちょっと小競《こぜ》り合いになった時に」

「ちゃんと洗ったほうがいいわ。待って、いまハンカチを」

と美奈子がハンドバッグを開け、ハンカチを取りだした時、不意に景虎に手首を摑まれ、引き寄せられた。美奈子は景虎の胸に倒れ込むような形になった。

「……会いたかった……」

と、言って、美奈子の華奢《きやしや》な肩を抱く。景虎の胸に顔を埋めた。

あのにおいだ、と美奈子は思った。景虎独特の、お香を思わせる、かぐわしい匂い。古寺を訪れた時に包まれる、どこか深く甘美な抹香《まつこう》のような。嗅《か》いでいると落ち着く。

わけもなく、涙が溢れてきた。革ジャン越しに感じる景虎の体温に、安堵《あんど》した。

その鼓動《こどう》を、確かめられるのが。

「……苦しいんだ……」

景虎が天を仰いで、呟《つぶや》いた。

「ええ……」

「……今度は、きびしいかもしれない」

肺が、という意味ではないことも、美奈子には伝わっている。

乾いた大地に染みこむ水のようだ。

掌の貴重な水で喉を潤《うるお》す。そんな想いで美奈子を抱きしめながら、景虎は目を閉じた。

時計の音が、生活感溢れる居間に響いている。

薄いガラス戸の向こうから、路地で遊ぶ子供の笑い声がしていた。

ふたりは時を惜しむように抱擁《ほうよう》し、ぬくもりを与え、受け止め合う。今はそれが精一杯だ。

擦《す》り切れた畳《たたみ》に、細く夕陽が差し込んでいる。

＊

「ああ、あの男か。東京湾に浮かんでたっていう。何かあるのか」

直江が呼び出したのは、岐阜日報《ぎふにっぽう》の滝田晋作《しんさく》だった。銀座《ぎんざ》にある支社の近くの純喫茶に、直江は変装をして現れた。例のフィルムを渡した男を探るためだ。

経緯を話すと、滝田は煙草《たばこ》に火をつけた。

「……流出した帳簿か。もしかしたらマスコミに売るつもりだったのかもしれないな」

「だが、加瀬さんのことを知っていた。名指しで渡してきたんだ」

「値段交渉もなしにか」

「ああ。人に頼まれたみたいなことを言っていたが……。追われているのがわかっていたのかもしれない」

滝田は煙を吐いて、珈琲《コーヒー》をブラックのまますすった。

「取り扱い注意の情報だった証拠だな。まあ、確かに出所がわからなければ、発表したとしても信憑《しんぴょう》性にかける。わかった。ちょっと追いかけてみよう」

「こちらでも調べてみる」

「ああ。で、その帳簿、加瀬はどうするつもりなんだ？」

「世間に出す時は、おまえに一任してもいいと言ってる」

本当か、と滝田は身を乗り出した。が、すぐに首を振り、

「……いや、だめだ。うちの会社は弱腰で、そういうでかい案件には手を出したがらないからなあ」

「だが、記者としては名をあげるチャンスだぞ」

「………。実はここだけの話なんだがな」

滝田が身を乗り出して、声を潜《ひそ》めた。

「大手の毎朝《まいちょう》新聞から声がかかってるんだ。うちに来ないかと」

「ヘッドハンティング？　すごいじゃないか」

「顔なじみの記者が本社のデスクに昇進したんだ。岐阜日報には恩義も愛着もあるから、離れる気はなかったんだが、地方新聞社の役割はあくまで地元密着、地元優先だからな」

大きな案件で特ダネをすっぱ抜くようなハンター気質の滝田は、もともと収まりきれないところがあった。

「地方新聞社の意地もあったし、大手を出し抜くのが小気味よくもあったんだが……。この案件ばかりは、取材力のあるところに持ち込んだほうが、より戦えるかもしれん」

「わかった。意向は伝えておく」

「おう。しかし、厄介《やっかい》だな。志木《しき》さんも更迭《こうてつ》されちまうし、このままじゃ六王教への調査もうやむやにされて消されちまうかもしれん。ここが踏ん張りどころだな」

「そう長引かせやしないさ」

直江は手を組んで、暗く宙を睨《にら》みつけた。

「……だが本当は、もっと手っ取り早い方法がある」

「おいおい。物騒な真似《まね》だけはよせよ。ヤクザもんじゃあるまいし」

ふと表情を緩《ゆる》めると、直江は伝票をもって立ちあがった。

「表のことは、頼むよ」

言い残して、会計をしに行く。その背中を見送った滝田は、煙草を一口大きく吸って、灰皿に押しつけた。……貫禄《かんろく》が出てきたというよりか。

「狙撃手《そげきしゅ》みたいな目ぇしてやがる」


店を出た直江は、明かりの灯《とも》り始めた銀座の街を眺めた。

昼の顔から夜の顔に変わる時間帯だ。確か、この近くに加瀬の行きつけだったバーがあった。ふたりで飲んだ夜のことを思い出していた。いつもは見せない、ひどく柔らかい表情をしていた。

（もう、あんな時間は二度ともてそうにないが……）

「今日は飼い主殿はおられないのですかな」

突然、背後から声をかけられて、飛び上がるほど驚いた。

振り返ると、黒いインバネスコートに身を包んだおかっぱの若者が立っている。一昔前の書生を思わせる、古風な出でたちだ。気配もなかった。

「高坂弾正《こうさかだんじょう》……っ。何をしてるんだ、こんなところで」

「相変わらず無礼なやつめ。私が銀ぶらするためにやって来たとでも思うのか」

じゃあ、なんのためだ、と聞き返したが、答えようとしない。直江を尾行でもしていたのか。それとも来ることを見越して待ち伏せていたのか。しかも当たり前のように、上杉の動向を知っていた。

「まんまと織田の策にはまったな。指名手配などされて逮捕されたら、間違いなく実刑で十年は出てこれなくなるぞ」

「冤罪《えんざい》だ。ばかげてる」

「ばかげてなど……。裁判などあってないようなものだ。織田は裁判官に《鵺》を憑依させるまでもなく、催眠暗示をちょっとかけるだけでいい」

「だったら、こちらも催眠暗示をかけ直すだけだ」

「ふん。その時は傍聴人《ぼうちょうにん》になってやる。それより石鎚山で、妙な事件が起きたそうだな」

勝長が調査に行っている件のことだ。耳聡《みみざと》い高坂の耳には当然のごとく入っていた。

今朝の新聞にも載っていた。山中の寺の火災で助け出された四人の女と、一人の乳児。

「助け出したのは色部さんだ。霊脈を操作するための、軸となっている場所だった。乳児を礎体にする呪法のようだった」

「乳児を……か。くく、織田め。またずいぶんと古い呪法《じゅほう》を持ち出してきたものだ」

「古いだと？　何か知っているのか」

「いつぞやの写し身といい、どうやら織田には、朝廷《ちょうてい》の扱う古禁《こきん》呪法に通ずるブレーンがいるようだな」

街灯にもたれながら、高坂は面白そうに鼻を鳴らしてみせた。直江は胸ぐらを摑み、

「もったいぶるな。なんだ、その古禁呪法とは」

「短気になったたな。直江信綱《のぶつな》。景虎に女ができてから、そんなにイライラしているようでは、結婚して子でもなした日には鬼にでもなるのではないか」

　直江は一瞬つまった。緩んだ直江の手を、高坂が払いのけた。

「私も詳細を知るわけではないが、かつて、日本で天災による飢饉《ききん》や反乱が起き続け、政情不安定になった時、ある呪法を執り行って各地の霊山の力を宮中に集めたことがあるという。その威力は絶大で、政敵の呪殺、男子の懐妊《かいにん》、人為的な天災の発生、天鎮地鎮《てんちんじちん》、日食月食まで、あらゆる物事を思いのままにしたそうな」

「なんだそれは。そんなオールマイティな呪法がどこに」

「それは、ただひとり。天皇だけが扱える」

　直江は目を剝いた。——天皇だけ、だと？

「おい、待て。それはどういうことだ」

「天皇だけが扱うことを許可されたという意味だ。そして、それは、天皇の子供を呪詛の礎体とすることを条件にしている」

　馬鹿《ばか》な！　と叫びそうになって、慌てて通行人の視線に気を配り、声を潜めた。

「皇子《おうじ》を礎体にだなんて……。そんな畏《おそ》れ多いことが」

「あるんだ。そのためにわざわざ、当時の天皇は伊勢《いせ》の元斎宮《さいくう》との間に子をなして、霊山にその子を生きたまま埋めた、という、禁忌《きんき》中の禁忌だ」

「……待て。まさか、それは」

直江は声を震わせた。

「今度の事件の赤ん坊のことを言ってるのか。今まさにその呪法が使われているというなら、助け出された子供は」

ははは！　と突然、高坂が大きな笑い声をあげた。

「今上《きんじょう》天皇陛下《へいか》のお子だ……」

「！」

「……と。私に言わせたいのか？　そんなわけはあるまい。皇族は関わりない。要は、礎体となる赤子が呪者の血をひくこと――呪者当人の子であることが重要だ」

直江は一瞬、力が抜けかけたが、すぐにまたそれが何を意味するかを察したのだ。

「今度のことを仕掛けたのは、織田……だとすると」

「そうだ。つまりその乳児は」

高坂は灯り始めた街灯の下で、あやしい笑みを刻んだ。

「織田信長の子……。その血と霊力を引き継ぐ、子供だ」

第三章　嵐の向こう側

「信長《のぶなが》の子供……だと？」

街灯の下で、直江《なおえ》は思わず目を瞠《みは》った。高坂《こうさか》は、薄笑いでうなずいた。

「産子根針《うぶこねばり》の禁法。自《みずか》らの血を引く赤子の生きた心臓《しんぞう》を礎体《そたい》とする、呪詛《じゅそ》だ。そのあまりの威力を恐れ、闇《やみ》から闇に封じられた禁じ手だと伝わる」

直江は周りを見た。銀座《ぎんざ》の裏通りは、この時間はまだ人通りこそ多くはないが、街の真ん中でするような話でもない。高坂の腕を引いて、建物の陰《かげ》に連れ込んだ。

「……なぜ、おまえがそんな宮中の秘密呪法など知ってるんだ。この間の御身写しの秘儀といい、今度のことといい、たかが足軽《あしがる》あがりの人間が知りうる話とも思えない。おまえは一体何者なんだ」

「百姓《ひやくしよう》の子供を馬鹿《ばか》にするな。足軽あがりが宮中の秘密を握っていては、おかしいか」

「公家《くげ》でもないくせに、宮中祭祀《さいし》どころか呪詛など、ただの人間が触れられるものじゃない」

「蛇《じゃ》の道は蛇《へび》というやつだ」

直江はずっと胸に抱いていた疑問を口にした。

「……おまえ、本当はいつ生まれたんだ？」

高坂の口元から、ふと笑みが消えた。

「おまえは武田《たけだ》の家臣で、怨霊《おんりょう》退治をするでもないのに換生《かんしょう》を続けてる。そもそも初生《しょせい》が〝高坂弾正《だんじょう》〟であるとも限らないわけだ。当時すでに何度目かの換生だったんじゃないのか」

突然、高坂が大きな声をあげて笑い始めた。通りの通行人まで聞こえそうな声だったので、直江はうろたえて高坂の口を咄嗟《とっさ》にふさいだ。

「なに笑ってる。俺は真剣に訊《き》いているんだ」

高坂は直江の手をやんわりと押しのけ、

「愚鈍《ぐどん》な直江殿にしてはなかなか鋭い指摘だった。だが答えを知るためには、私が換生を続ける理由を知らねばならない」

「理由？　理由などあるのか」

「この私がただの道楽で換生しているとでも？」

同じ換生者でも高坂は浮き世離れしすぎている。換生の矛盾《むじゅん》に苦しむでもなく、生活の匂《にお》いを全くさせず、飄々《ひょうひょう》としている。仙人《せんにん》でもなければ、ただのボウフラだ。

「高坂、おまえ……。まさかかつて宮中にいたことがあったのでは」

「ふん」

鼻を鳴らし、高坂は山高帽《やまたかぼう》をかぶった。

「話を戻せば、産子根針法は、呪者と血で繋《つな》がる赤子を埋めて、霊力の根を地にはらせることにより、遠隔地にあってもその霊場の力を手に入れる。産子の吸引力を高めるためには、より能力の高い巫女《みこ》――天皇の場合ならば、伊勢《いせ》の斎宮《さいくう》を下げて子を産ませた、と」

「では見つかった赤ん坊も、わざわざそのために」

「六王教《ろくおうきょう》信者の女にでも産ませたのだろう。日本中の霊山を手に入れるつもりなら、全《すべ》ての霊山に産子を埋めるはずだ」

直江は絶句した。残酷すぎる。

「…………。許せない。なんてむごいことを」

「さらに、産子根針法では、その産子を守る守女《もりめ》を、四方の人柱にたてる。子を亡くした母の情念が、産子に与えられる乳となり、産子を生かし続けるというものだ」

直江は暗がりで目を光らせた。

（……生命を道具のように）

この世に生を受けた子供がそんなむごい扱いを受けて、許されるはずがない。母親の悲しみが薄暗い呪詛に利用されるのも、黙って見てはいられない。赤子と守女たちのためにも、一刻も早く見つけて助け出さなければ。

「なすべきことが、わかった。礼を言う、高坂」

「信長は、霊地掌握《しょうあく》のために、まだまだ産子を作るだろう。より重要な霊山には、それに耐えうる、より強い産子を置くはずだ。それにふさわしい巫女に子を産ませようとするだろう」

高坂は帽子のふちをわずかに上げて、直江を見た。

「……武田ゆかりの、あの女。龍女《りゅうじょ》になるくらいだ。戦巫女《いくさみこ》として狙《ねら》われてもいた」

「美奈子《みなこ》のことか」

「そうでなくとも景虎《かげとら》の女だろう。……私が織田《おだ》なら、間違いなく……」

直江が高坂の胸ぐらを勢いこんで掴《つか》み上げた。驚愕《きょうがく》と憤《いきどお》りとをこめて、

「美奈子を産女にするというのか。あの信長が……っ」

「強い産子を作り出し、かつ景虎にダメージを与えられる。一石二鳥ではないか」

「そんなことはさせない」

「ふん。主君の女を守るのも使命のうちか。ご立派だな。本心もそう思っているのか」

喉元《のど》に刃《やいば》を突きつけられた気がした。

「……どういう、意味だ」

「いやいや。苦難の中で愛し合うふたりを温かく見守るような度量が、果たして貴殿にあったかな」

「何が言いたい」

「嫉妬《しっと》は醜《みにく》い」

短刀を突き刺すように言った。

「直江殿がご執心《しゆうしん》している相手は、はて、どちらだったかな」

何も言い返せず固まってしまう直江の、その胸を軽く突き飛ばし、高坂は山高帽をかぶり直して、乱れた襟《えり》元を整えた。

「おまえは後見人だ。いくらでも言い訳できるではないか。景虎のアキレス腱《けん》となるくらいなら別れさせる。そう言えば、貴様の悪意だらけの本心も隠せるぞ」

「彼女はあの人に必要な人間だ。美奈子がいるから今の状況にも耐えていられる」

「耐えられぬ何かを景虎に押しつけているのは、おまえというわけだ」

「ああ、そうだ。だから美奈子が必要なんだ。俺には救えないからだ。だからだ！」

「美奈子に救われる景虎など」

黒いコートの肩越しに、高坂は振り返った。

「本当は壊したいのではないのか」

直江は絶句した。

高坂は高笑いしながら、街灯の光が差す表通りへと去っていってしまった。粉じんを含むぬるい風が、足下で渦《うず》を巻く。電球が切れたネオンの、みすぼらしい明かりの下で、直江は立ち尽くした。

（やめろ）

高坂の眼力を呪《のろ》った。

(俺の心を、言葉にするな)

景虎の心は、離れてしまった。

いいや、正しくは――。美奈子を求める景虎に、心からの理解を示すことはできなくて、挙げ句、溝《みぞ》が生じた。

景虎は、薄々気づいているかもしれない。自分が距離を置く理由を。

だとしても、おそらく、(あろうことか)勘違いしている。主従仲がこじれたのは、この状況で女を作ったことを批難《ひなん》したため、だけではない。直江が美奈子に心を寄せていたからだと。美奈子をめぐって直江が身を引いたからなどと。長秀《ながひで》までそう解釈していたほどだから、周りにはそう見えていたのだろう。隠しきれない嫉妬心がそうさせた。相手が違っていただけで。

(俺は、三文役者だ……)

それが自分の、どうしようもない心の弱さなのだろう。自分の心などだましきってみせる、だなんて豪語《ごうご》しながら、外面《そとづら》も演じられない三文役者がここにいる。

結局、できるのは目をそらすことだ。ふたりが一緒にいるところを避けて、居合わすことをせず、彼女の名が出てくる時には心に鉄の仮面をかぶせるだけ。

罵《ののし》り合いができた頃のほうが、まだマシだった。心を通わせ合うことにはならずとも、少なくともぶつけあうことはできた。

今は、それも、ない。

景虎を戦いへと追い込むことだけで繋がっているような日々だ。

美奈子は彼に必要だなどと、口では理解者のようなことを言う。そうするほど、心がきりきりと締めつけられるのだから演じるどころではない。暴れ出す嫉妬を殺すので精一杯なのだ。

(いつまで耐えていればいいんだ)

——私には、選ぶ覚悟があります。

美奈子のあの「強さ」が、怖い。

もしかしたら、美奈子は、女だから愛されたわけではない。

彼女こそが、景虎にふさわしい「魂《たましい》」だったからではないか。

(だから、じゃないのか……?)

景虎が執心し続けているのも、そうだからじゃないか。この自分が惹《ひ》かれかけたのも、そうだったからじゃないのか。景虎が惹かれてしかるべき、強い魂。むしろ、彼女こそが彼の「魂の片割れ」だと感じたから、自分はこんなにも恐れているのではないか。

ふたりがあれだけ長く延々と霊魂《れいこん》を共振し合えるのも。景虎の魂を癒《い》やせるのも埋められるのも。だとしたら、もう理屈じゃない。

たとえ彼女が〝女〟に生まれていなくても、景虎は選んだのではないのか。次に美奈子が転生して男になったとしても、選ぶのではないか。男女という肉体のことを通り越して、また選ぶのでは。

この自分の目の前で。

だとしたら唯一の特権である「長すぎる時間」も、自分の味方などしてくれない。

「そうか……。俺は結局……」

〝景虎〟をふたり持ってしまったということなのか。

自分ごときでは、とても太刀《たち》打ちできないものたちを見せつけられて、劣等《れっとう》感にあえいでいるだけじゃないか。彼らのいる世界に入っていけない自分に、絶望しているだけじゃないか。

膝《ひざ》から力が抜けた。思わず路地に尻《しり》をついて意味もなく笑いだした。

情けなくて、涙も出やしない。

(もうたくさんだ)

あのふたりが惹かれ合い、求め合い、寄り添い合う光景など。

これ以上見たくない。でも、見ていなければならない。

夜叉衆《やしゃしゅう》として景虎に従っている限り……。

＊

「公安の潜入者だった?」

ああ、と言って、村内《むらうち》はテーブル代わりの木箱に置かれた煮卵を食べた。

競馬場前の一杯飲み屋だ。屋台やテントが並んで安い酒を飲ませる。いつも景虎が落ち合う場所として指定している店だった。

景虎が村内と会えたのは、結局、一週間後だった。明子《あきこ》に言伝《ことづて》を頼んでおいたら向こうから連絡してきた。さすが腕利きの情報屋だけあって、調べるのも早い。

「東京湾に浮かんで死んだあの男。建築作業員というのは表向きで、公安調査庁が六王教に差し向けた潜入調査官だ」

「志木《しき》さんの部下だったのか」

「おそらく、ボスの更迭《こうてつ》で調査自体から手を引かされることになったんだろう。もう手が出せなくなるのを恐れて、危険を冒《おか》して内部資料を写真で収めて持ち出したってとこだ」

「志木さんの指示だったんだろうな……。気の毒に」

「その後、志木さんはどうしてる？」

「体調不良を理由に、長期休養してる」

ハンチング帽をかぶった景虎は、ぬるいビールを瓶《びん》から注いで、一息に飲み干した。

「……だがそれは表向きで、自宅謹慎中だ。上から何か圧力をかけられてるんだろう。監視付きな上に電話も盗聴されていて外と連絡がつけられない。家宅捜索までされたらしい」

「身内からガサ入れされたのか。ひでえな。世も末だ」

「ああ……。これで公安の力もあてにできなくなった。いよいよ実力行使しかない」

「何する気だ」

景虎は、答えない。だが、表情には決意がみなぎっている。

「例の帳簿の裏を取る。手伝ってくれるか」

「どうすんだ」

「マスコミに売る」

「ただ安易にはやれんぞ。道路族議員の野本《のもと》は大手広告会社にも太いパイプがある。余程周到にやらないと二報を潰《つぶ》されて終わる」

「そうはさせないよう、滝田《たきた》にチームを作らせた。秘密裏《ひみつり》に進める。連中の癒着《ゆちやく》を暴いて白日《はくじつ》のもとに晒《さら》す」

レースが始まったのだろう。馬場のほうから大きな歓声があがった。ラジオからは実況が流れてきて客も聞き入っている。おでんを煮ていた店主だけが、手を動かし続けた。

「村内。あんたには、万一オレがいなくなったあとも、連中への追及が途切れることのないよう、代わりに見届けてほしい」

「ばか言うな。しがない情報屋がそんなことまで約束できん」

「こいつがうまく世に出れば、建設省や大蔵省の高官を巻き込んだ一大疑獄《ぎごく》事件にまで十分、発展する。派手に騒がれることになるだろう。全部が明らかにされ、関係者が裁かれ、阿津田《あつだ》商事も六王教も二度と復活できなくなるまで」

　景虎は持ってきた封筒を、テーブルの下から、村内に渡した。

「帳簿の写真を焼いた。滝田にも渡した。他にも数名。信頼できる人間に託す」

「おい、やめろよ。加瀬《かせ》。これじゃまるで形見分けじゃねえか」

　景虎は小さく笑った。

「……念のためだよ」

　ゴール前のたたき合いに、客も「それ行け」「差せ」と立ちあがって興奮している。熱狂はまもなく歓喜と失意と、ふたつに分かれた。大半は溜息《ためいき》だ。馬券を投げる者もいる。

「中身はあとでじっくり見てくれ。また連絡する」

「おい、ふろふき大根、喰《く》ってかないのか」

「腹一杯なんだ。またな」

　というと、景虎は代金を置き、ハンチング帽を目深《まぶか》にかぶって、革ジャンのポケットに両手をつっこんだ。人目を避けるように店を後にする。

　村内は封筒の中身を覗《のぞ》き込んだ。写真の束《たば》とともに、折りたたまれた便せんが一枚入っている。それを開いて、見た。

　文面を読んで、目を細めた。

「……加瀬の奴《やつ》」

焼き鳥の煙にまかれながら、村内は店主が持ってきたふろふき大根にかじりついた。

たっぷり沁《し》みこんだ汁が、じゅわ、と口の中に広がる。

ここのふろふき大根はうまいから——と言って、加瀬につれてこられた店だった。確かにうまいが、明子の作るもののほうがずっとうまかった。だが言わなかった。

加瀬がここのふろふき大根を、からしをたっぷり載せてほおばる姿が、不思議と好きだったからだ。

去っていく加瀬の姿をもう一度、目で追おうとしたが、すでに人波にまぎれて見えなかった。

それが村内の見た、最後の加瀬の姿となった。

*

景虎の足取りはおぼつかなかった。

駅に向かう道は、競馬場の客でごった返していた。背を丸め、ポケットに手を入れて歩く横を、何人もの客が追い越していく。その流れから脱落するように道をそれて、道ばたのベンチに座り込んだ。

息切れがひどい。体力が落ちている。

「……あと少し……あと少し、保ってくれ」

村内の前では強がったが、麻生《あそう》の言う通り、肺はもう人の半分も機能していない。

「……くそ……」

——そんな体で、信長と戦えるとでも思っているんですか。

直江の言葉は、痛いところをついてくる。だが、ことごとく当たっている。

人を得て人を動かし、物事を推《お》し進める信長の、あのブルドーザーのような実現力。

四百年も生きてきたのに、あの男を止めることができない自分が歯がゆい。もっと他に方法はないのか。自分の能力の限界を突きつけられているようで焦りを隠せない。

このレースは、アクセルをべったり底まで踏み込めたものが勝つ。

信長には踏める。恐怖という感情をどこかに置いてきた者特有の狂気が、それを実現させる。でなければ、どんなに政治力があっても奸計《かんけい》に優れていても、ここまで勢いよく急激には、のぼりつめられない。嵐《あらし》のような男だ。

(オレに同じことはできない)

政敵になれる柄でもない。

(だが、壁になることはできる)

信長という車が猛スピードで走れば走るほど、壁と衝突《しようとつ》した時の破壊力は凄《すさ》まじい。全ては自分に返り、自らの重さと速度とで自滅する。そのためにも、強靱《きようじん》であらねばならない。あえなく崩れる壁では意味がない。崩れない壁であらねば。

（荒野にいるみたいだ）

自分には、夜叉衆もいる。《軒猿《のきざる》》たちもいる。信頼できる協力者も。

なのに、この孤独感はなんなのだろう。

たったひとりでずっと戦っているように思えるのは、なぜなのか。

（本当は、誰も信じていないんじゃないのか……）

――分身は、あなたの本性をあからさまに突きつけてくれましたよ。

直江の前で、オレの写し身に何を晒した。何を見られた。

――もっと暴いてやるべきだった。

（直江は……どこまで見た）

これ以上近づけてはならない。あの男を。踏み込ませてはならない。直江を。

直江との間に生じた溝は、自ら築いた。挑発も示威《じい》もやめて、なりをひそめたのは、弱点を暴かれる危険に気づいたからだ。無言で背を向けたのは、隠し続けてきた真実を暴かれることを恐れているからだ。

――おまえの正体にもうすぐ直江は気づくぞ？

背後からもうひとりの自分が問いかける。ドッペルゲンガーは消えてはいなかった。どころか、景虎の心の中により鮮明に棲《す》みつくようになっていた。

――ボロを出したな。上杉《うえすぎ》景虎。

──おまえは「直江にとって唯一倒せない男」なんかじゃない。それどころか。

──もっと惨《みじ》めで、ずっと弱い、取るにも足らない男であることを。

──直江は気づくぞ。

(やめろ)

──それを知られた時。

──おまえたちは、終わる。

そうでなくとも直江はジャッジしている。あの冷ややかな眼で、抜け目なく緻密《ちみつ》に、自分と信長との戦いを審査している。いつか見抜かれる。心の底に巣くう卑屈《ひくつ》を、あの夜植えつけられた世界へのおびえを……。自分はちっとも強い男などではない。本当の姿を知られたら、終わりだ。落胆《らくたん》し失望し、欺《だま》されていたことに気づいて、罵声《ばせい》を浴びせられればいいほうだ。石さえ投げられず、侮蔑《ぶべつ》され、呆《あき》れられ、それまでの執着はなかったことにしたいかのように、目をそらし、自分を恥《は》じ、最後にはここから去るだろう。

(その時、オレは独りで立ち続けていられるだろうか)

敗北者になるべくして敗北した男だと。

贋者《にせもの》だったと。

(苦しいんだ、美奈子……)

彼女の腕に抱かれている時だけ、まともに息ができる気がした。

何も言わずに受け止めてくれる胸だけが、休息をくれた。

だが、次は立ち上がれるのだろうか。

景虎は胸を押さえて、目をつぶる。

(次は、……もう……ないかもしれない)


「しっかりしてください。加瀬さん!」

頭の上から、突然、声をかけられた。

景虎は驚いて顔をあげた。現実に引き戻された。

そこに立っていたのは、まだ十代とおぼしき少年だ。

髪はぼさぼさで、頬《ほお》はふっくらとしているが、利発そうな眼をしている。ぼんやりと覗きこみ、どこかで見た顔だと思ったが、咄嗟に思い出せなかった。

「君は……どこかで」

「おぼえてませんか。羽田《はねだ》空港で助けてもらった者です。朽木慎治《くちきしんじ》を……その」

思い出した。朽木を刺そうとした少年だ。

朽木のグループ会社が垂れ流した廃液で、漁師《りょうし》をやめた親が、病気になって死んだという。その仇《かたき》討ちをしようとして、刺殺をもくろんでいた。

「なんでこんなところに」

「探していたんです。あれからずっと」

　少年にはあのあと、クニに帰るよう諭《さと》して、汽車賃《きしゃ》まで渡したのだが、まだ東京にいたらしい。探すと言っても、東京は広い。自分がここにいることをどうやって知ったのか、と訊くと、

「父ちゃんの知り合いに、この競馬場で見たっていうやつがいて」

「オレを見ただと？　待て。なんのためにオレを探していた？」

「加瀬さんの仲間にしてもらうためです」

　よれよれのシャツの襟元を整え、少年は兵隊のように敬礼をした。

「加瀬さんは、世の中に巣くう悪者どもを陰で退治してるゲリラのリーダーだと聞きました。俺も仲間に入れてほしいんです！」

　景虎は思わぬ申し出に、数瞬、ぽかん、としてしまった。

　だが、少年は真剣だった。

「俺だけじゃない。加瀬さんたちに憧《あこが》れてる若いやつらはいっぱいいますよ。学生運動の腰抜けたちなんかより、よっぽど信念もって戦い続けてる人たちだって」

「おい待て。オレは別に左翼《さよく》ゲリラなんかじゃない」

「ならなんで指名手配されてるんです？　『殺人犬の加瀬』なんでしょう？」

　思わず少年の口をふさいで、物陰につれこんだ。

「物騒なこと、大きな声で言うんじゃない」

「一緒に戦わせてください。どの道、天涯孤独《てんがいこどく》だし、クニには仕事もない。身の回りの世話でもなんでも！」

「だめだ。帰れ」

「なら、みんなにばらしますよ。ここに『殺人犬の加瀬』がいるって。……おーい！」

景虎は慌てて少年を物陰に押しやった。

「ふざけるな。ガキのくせに。ひとを月光仮面《げっこうかめん》か何かと一緒にするな」

「なら、俺を仲間にしたくなるように、させてあげます。見ててください」

少年は手を伸ばすと、足下に落ちていた空き瓶に目線を向けた。掌《てのひら》を下に向け、神経を集中させる。……と、信じがたいことが起きた。

空き瓶がぐらぐらと揺れ始め、ほんの少しだけだが、宙に浮いたのだ。

これには景虎も目を剝《む》いた。

「親父《おやじ》を死なせた奴らを憎い憎いと思ってたら、こんなことまでできるようになったんです」

少年はすがりついて、懇願《こんがん》した。

「俺の名前は、高屋敷鉄二《たかやしきてつじ》といいます。お願いです！　仲間にしてください！」

＊

美奈子が麻生診療所を訪れたのは、街にそろそろ明かりが灯《とも》る頃だった。春に音楽学校を卒業したあと、今はピアノ教師をするかたわら、プロのピアニストとしてコンサートに出演したり、ホテルのラウンジなどで演奏するようになっていた。今日も仕事の帰りだ。

麻生医師に加瀬の薬を取りに来た旨《むね》を伝えると、白髪頭をかきながら渋い顔をされてしまった。

「……君みたいなちゃんとした女性がついていてくれるのは、加瀬にとってもいいことだが、本人が来ないことには、だな」

「はい。重々わかってはいるのですが」

診療所も警察にマークされていることは、麻生も先日来、認識している。だから、美奈子が代わりに来ていることもやむを得ない事情ではあるのだが……。

「診察しないと処方箋《しょほうせん》はかけないんだ。うちに来れないなら、紹介状を書いてやるから、どこか大学病院ででも診てもらえ。そう伝えてくれないか」

「はい……。でもすぐには……」

「まったく」

頑固《がんこ》な麻生も折れるしかない。薬を渡すタイミングで、声を潜《ひそ》めて言った。

「今日も見張りがいる。君も目をつけられないよう、気をつけろ」

美奈子は驚き、「はい」と小声で答えた。

外に出て間もなくの頃だった。後ろから尾行してくる人影に気づいたのは。

（警察……？）

嫌な予感がした。早く表通りに出ようと思い、早足になった。その時だった。

突然、物陰から飛び出してきた男に口をふさがれ、路地裏に引きずり込まれそうになった。

美奈子は咄嗟のことに抵抗もできず、そのまま連れ去られそうになってしまう。その先に車が待ち受けている。乗せられたら、終わりだ、と思った美奈子は、口をふさぐ男の指に噛《か》みついた。

「！」

怯《ひる》んだ隙《すき》に思い切り股間《こかん》を蹴《け》り上げ、逃げ出した。

後から数人が追ってくる。このままでは捕まる。必死に走って、飛び込んだ路地裏が行き止まりだった。追い詰められた。万事休すだ。

「ぎゃっ！」

男たちが何かに撃たれたように天をあおいでのけぞり、どうっと倒れ込んでしまう。美奈子は目を瞠った。その後ろから現れたのは――。

「笠原《かさはら》さん……」

直江だった。

念を撃ち込んだのだろう。いつから自分を見ていたのか、美奈子は全く気づかなかった。

直江は注意深く辺りを見回し、美奈子を誘導すると、自分が運転する車に乗せて、走り出した。

「………。マリーから頼まれたんですか」

相変わらず突き放すように言う。後部座席の美奈子はおそるおそる、うなずいた。

そういうことか、と直江も察した。明子に頼んだというのは、方便だったらしい。

「その薬を口実に、加瀬さんと会っていたんですね」

「ちがいます。私はただ村内さんのもとに持っていくようにとだけ……」

直江は冷ややかに、バックミラー越しに美奈子を見た。

「なぜ否定するんです。あなたは加瀬さんの恋人なのだから、逢引《あいびき》などせず、堂々と逢瀬《おうせ》を重ねればいいではありませんか」

「そんな、逢引だなんて……」

「それとも、何かやましい気持ちでも？」

美奈子は押し黙っていたが、ふと口を開いた。

「笠原さんこそ、なぜ、いたんですか」

「あなたを護衛していた《軒猿》が何者かに討たれました」

え？　と美奈子は身を乗り出した。景虎がつけてくれた護衛だ。陰ながら守ってくれているのだが、そういえば、仕事先から姿が見えなかった。

「《軒猿》の身に何かあれば、伝わるようにしてあります。それで」

「笠原さんが来たのですか。私のために、わざわざ?」

ええ、と直江は答えた。

まるで社長秘書がその令嬢にでも受け答えするように敬語を崩さず、

「あなたを守れ、と加瀬さんから言われているものですから」

「……………」

美奈子は複雑そうな顔をした。

「さっきの人たちは、なんだったのですか。警察ではないようでしたが」

「六王教の者たちだと思います。あなたを狙っているんでしょう」

「なぜまた……?　てっきり、もうあきらめたものと」

「彼らはあきらめませんよ。ましてあなたは、加瀬さんの最愛の――」

「待ってください。私は!」

「家族を織田に殺された加瀬さんが、またあなたのような存在をもつようになるとは思ってもみませんでしたが」

直江は前の車のテールランプを冷ややかに見て、言った。

「……これればかりは人の心のことですから」

「私が加瀬さんの弱みになっていると?」

「聡明ですね」

そう言われると、美奈子は何も言い返せない。彼らのように《力《りよく》》で戦えるわけでもない。

「……では、どうすればいいのですか。縁を切れと？」

「そう言いたいところですが、加瀬さんがあなたを愛する限り、あなたが加瀬さんを捨てたところで、あまり意味はないのです」

美奈子は唇《くちびる》を噛み、窓を見た。ぽつぽつ、と雨がガラスを打ち始めていた。

「私がいなくなればよいのですか」

「……………。およしなさい」

「皆さん、そうしてほしいのでしょう」

直江は無表情で、ワイパーのスイッチをいれた。

(皆が、ではない。俺が、だ)

(それを一番願っているのは、この俺だ)

雨はみるみる強く降り始める。

渋滞していた車列が、ゆるゆると動いた。

「自己犠牲ってやつは、一番卑怯《ひきょう》な手なんですよ。当人は満足でしょうが、それをされたほうは一生、傷を負う。それにこれはあなたが織田に利用されるのを防ぐためでもあるんです」

「織田は、今度は私に何をさせるつもりなのですか」

「言えません」

「なぜ」

「とても口にできるようなことではないからです」

さしもの美奈子も怯んだ。直江は半眼で先を見つめ、

「……あなたが男だったら、そもそもこんな心配もいらなかったでしょうが」

「そうね。男に生まれればよかった」

美奈子は膝の上に置いた手でスカートを握り、拳《こぶし》を固くした。

「私が男だったら、誰かに守ってもらうことなく、あのひとを守れたのに」

（おまえが男だったなら）

直江は氷のように胸を冷たくした。

（それこそ容赦《ようしゃ》なく、俺の場所を奪っていったことだろう）

それきり車内は沈黙した。直江も美奈子も、それぞれ胸の内に想《おも》うことがある。雨はどしゃぶりになってきた。渋滞する車列は、遅々《ちち》として進まない。

（この女さえ、いなくなれば）

不意に湧き起こった殺意に、直江の心はたちまち染まった。

（いなくなりさえすれば）

後部座席で、美奈子が泣いている気配がした。嗚咽《おえつ》こそ漏《も》らさなかったが。

バックミラー越しに見た美奈子の、泣き顔の美しさに、直江ははっとした。

隣の車のテールランプに映えて、その涙が赤く見えた。

紅蓮《ぐれん》の涙だ。

直江は思わず、吸い寄せられるように鏡を見つめてしまう。

燃える炎のような涙に、美奈子の強さを見た。それは悔し涙だったのだ。

じっと窓の外を睨《にら》みつけながら、唇を噛みしめて、泣いている。

瞳《ひとみ》の輝きは失わない。戦う眼をしている。凛《りん》として美しい。景虎と同じ眼だ。

直江は、ステアリングを強く握りしめる。彼女が美しく見えるほど、自分の愚劣《ぐれつ》さが耐えがたくなる。

(俺は醜い)

直江は心底、天を呪った。

(あなたが憎い。景虎様)

フロントガラスを雨がつたう。払っても払っても雨粒が埋め尽くしていく。

長い長い車の列の、果ては見えない。

＊

高屋敷鉄二の念動力には、種も仕掛けもなかった。

どうやら「自然に」使えるようになったというのは、嘘《うそ》ではないらしい。

父親が死んで、朽木たちへの恨みが増すにつれて、少しずつ能力が開花し始めたという。

「……初生人《しょせいじん》が《力》を使えるようになるなんて、滅多にあるこっちゃねえんだがな」

と言ったのは、長秀だった。あのあと、景虎は鉄二をつれて、新宿《しんじゅく》にある小料理屋の二階へとやってきた。知人がやっていて時々、密《ひそ》かに落ち合う場として使っている。

鉄二の念動力を、ふたりして確認したあとで、廊下に出た。腹を空《す》かせた鉄二は、部屋の中で夕飯をかきこんでいる。

「憑依《ひょうい》されているわけでもない。換生痕《かんしょうこん》もない」

景虎も腕組みをして、鉄二のいる部屋の障子《しょうじ》を見やった。

「まれに修行を積んだ僧が、念を扱えるようになることもあるが、こういう例は」

「まあ、でも使えるっつっても、物を数センチ持ち上げたりする程度だろ。それより、なんでそんなやつが俺らを探してたのかってほうが、気になる」

長秀は狭い階段の手すりにもたれて、小声で言った。

「まさか織田の……」

「朽木を刺しに来たやつだぞ？」

「それも芝居なら？」

ぜ。大将」

「どの道、味方に引き入れるつもりはないが」

「ま、害にならねえなら、適当にうまいもんでも喰わせてなだめすかして帰らせんのが得策だぜ。大将」

障子が少し開いて、隙間から鉄二が顔を出した。

「……加瀬さん、そろそろ、鍋《なべ》が来ますよ」

え？　とふたりは目を見開いた。

「鍋なんか頼んでないぞ」

「下で作ってくれてるみたいです。鳥鍋」

「なんでわかる」

そうこうしていると、女将《おかみ》があがってきた。鉄二の言葉通り、鍋を運んでいる。

「女将……？　これは？」

「はい。雨が降って寒くなってきたので、ちょっとあったまってもらおうかと」

景虎は鉄二を振り返った。……下の会話が聞こえていたのか？　客の賑《にぎ》やかな笑い声が聞こえてくることはあったが、女将たちのやりとりまで聞こえるとは思えないが。

女将が去ったあとで、景虎が訊《たず》ねてみると、鉄二は箸《はし》を置き、神妙な顔をした。

「実は俺、見えるんです。壁や床越しに……」

「なんだと」

「たとえば」

鉄二は背後の漆喰《しっくい》壁をじっと見た。そして、おもむろに、

「……隣のお客さん、年配のご夫婦ですね。男性は灰色の背広で髭《ひげ》をたくわえてる。奥さんのほうは絣《かすり》の着物に紺《こん》色の帯……紫《むらさき》色の帯締めをしてる。髪を結っていて……、ああ、まいたけの煮物を食べていますね。飲んでいるのは、麒麟《きりん》の中瓶だ」

景虎は思わず長秀と顔を見合わせてしまった。二階にあがってきてから、他の客とは会っていない。部屋と部屋の間には壁があるから、覗くこともできない。あちらは先に来ていたから、注文の品が何かも、鉄二が知るよしもない。

すかさず長秀が立ちあがり、廊下に出ていった。景虎は注意深く鉄二に、

「下の階も、見えるのか」

「はい。いま、板前さんが刺身《さしみ》の魚をさばいてます。女将さんは、熱燗《あつかん》のお銚子《ちょうし》を二本とりだしてる。テーブルのお客さんは、かき揚げをつついてる。おいしそうだな」

そこへ長秀が戻ってきた。神妙な顔だ。

「……こいつの言った通りだ」

障子の隙間から覗いて確認したらしい。少し遅れて、また女将があがってきた。熱燗にしたお銚子を二本運んでいた。

「どうかしましたか?」

「……」

景虎と長秀は、絶句した。鉄二は漬け物とごはんをかきこんでいる。

「……透視《とうし》能力か」

それを持つ者は、まれだ。おぼろげに「感じ取る」ことはできても、ビジョンとして「視《み》る」までにはならない。だが、鉄二には「視覚」で感知できる。貴重な能力者だ。

「では、これは？」

と景虎が胸ポケットから取りだしたのは、裏返しにした名刺だ。鉄二はじっとみて、

「〝株式会社新田《にった》商事　取締《とりしまり》役社長　新田栄二《えいじ》〟……と読めますけど」

（本物だ）

景虎と長秀は目配せしあった。

もう、その表情は、上杉夜叉衆の大将のものになっている。

「他に何ができる」

「遠くにあるものが、視えます」

「遠くだと？」

鉄二は箸と茶碗《ちゃわん》を置いて、かしこまり、居住まいを正した。

「千里眼《せんりがん》ってやつです。加瀬さんが競馬場にいるとわかったのも、それでです。朽木が羽田空港に来るとわかったのも」

（透視に……遠見《とおみ》か）

視ることに特化した超常能力だ。初生人とは思えないほどだが、本物の「超人《ウルトラ》」というやつは本当に存在するのだ。

そうだとわかれば、景虎の答えはひとつだった。

「……オレたちと一緒に来い。力を貸してもらう」

長秀は難色を示した。まだ未成年ということもあったが、それ以上に一初生人の超人」を仲間にすることに対して、一抹《いちまつ》の不安があるのだろう。しかし景虎は判断を覆《くつがえ》さなかった。

——透視と遠見が使えるのは、大きい。

なにせ敵情を筒抜けにできる。秘密を秘密でなくせるのだ。

「それに鉄二の能力を放置していたら、織田に利用されてしまわないとも限らない」

アジトに戻ってきた景虎は、長秀に言った。鉄二は目の前のソファで、仰向《あおむ》けにひっくり返っていびきを立てている。

「監視もかねてるってわけか」

「鉄二も親の仇を取りたいと言ってる。強要じゃない」

「………。もし、こいつが織田の手先だったら」

「責任はとる。この手で」

景虎は椅子《いす》にかけてあった上着を取り、車の鍵《かぎ》を長秀に渡した。

「こいつの面倒はおまえがみろ。長秀。いろいろ教えてやれ」

「なんで俺がだよ」

「女と子供の世話は得意だろ」

「得意じゃねえ。おいこら！」

景虎は「任せたぞ」と言い残し、部屋から出ていこうとした時――。

「――加瀬さん。外で悪い人たちが待ち受けてますよ」

眠っていたとばかり思っていた鉄二が、不意に言った。景虎は、足を止めた。

「焼き払うつもりです。この建物ごと」

景虎の表情が冷気を帯びた。目を据《す》わらせ、

「……そうか。なら片づけてこないとな」

と、答えて出ていく。長秀も何も言わず、立ちあがる。

深夜の繁華街《はんかがい》は人通りも失《う》せた。夜叉衆のアジトを取り巻くように、集まってきたのは織田の《鵺《ぬえ》》たちだ。六王教の信者に憑依している。

「懲《こ》りない連中だな……」

襲撃者たちの背後から、景虎が現れた。身の内に殺気を宿している。笠原家を焼き払ったのと同じ手を使おうとしている。

やれ、と。《鵺》が合図した。

その時には景虎がもう念を繰り出し、攻防が始まっている。

「景虎！」

長秀が飛び出してきた。加勢するつもりだったのだが、目の前の光景を見て、息を呑《の》んだ。

景虎の足下には憑坐《よりまし》たちが倒れ込んでいる。死屍累々《ししるいるい》とはこのことだ。全員ひどい怪我《けが》を負っていて、惨憺《さんたん》たる光景だ。長秀は思わずひとりひとり息があるか確かめてしまったほど。

憑依霊は全て《裂炸調伏《れつさちようぶく》》で片づけてしまったあとだった。

「……おい……おまえ……」

朦朧《もうろう》と佇《たたず》む景虎を見て、長秀はぞっとした。

体中から殺気がほとばしっていて、頬と服に返り血が飛んでいる。どこか常軌《じようき》を逸《いつ》した目つきは、残忍で、まるでそこに信長がいるかのようだった。

（こいつ、魔王にでもなる気か……）

「いつまで雑魚《ざこ》をよこすつもりだ……」

景虎は忍耐も限界になってきたのか。とうとう抑えきれなくなったように、吠《ほ》えた。

「こんなことでなぶり殺しにできると思ったら大間違いだ！　オレを絞首台《こうしゆ》にあげるつもりなら、おまえ自ら殺しに来い！　信長アアアッ！」

胸をかきむしる思いだ。たてがみを振り乱して猛《いきどお》る獅子《しし》のように。

パトカーのサイレンと赤色灯《せきしょくとう》が近づいてくる。

建物の二階では、鉄二がソファに横たわったまま、天井を見つめている。

＊

美奈子を家まで送り届けた直江は、待ち受けていた《軒猿》に警護を任せ、アジトに向かった。

カーラジオが台風の接近を知らせていた。雨は小康状態だったが、風が強くなってきた。

建物の前は騒然としている。警察が現場検証をし、路上には血痕《けっこん》とおぼしきものが転々と落ちている。

隠れ家のある建物にも、警察が入っていたが、そこに景虎たちはいないようだった。

集まっていた野次馬のひとりを捕まえて、問いかけた。

「なんの騒ぎですか。強盗でも起きたんですか」

「いや。あそこの二階にヤクザモンが隠れてたらしくてさ。ヤクザ同士やりあって、そこの道んとこに十人ぐらい血まみれで倒れてやがったんだ」

「犯人は」

「逃げたらしいよ。物騒だねえ」

織田の襲撃があったのだと気がついた。直江はすぐに八海《はっかい》と連絡をとろうと、公衆電話を探して駅へと走り出した。雨の中、傘も差さずに公衆電話に飛びついた直江は、ダイヤルをまわそうとして、背後にひとの気配を感じた。

振り返ると、傘を差した男がいる。

直江は息を止めた。

「おまえは……」

黒いレインコートに身を包んだその男に、見覚えがあった。

長身で面長《おもなが》な中年男だ。端整な顔をしているが、目元はどこかは虫類を思わせる冷たさがあり、油断のならない感じがする。直江は写真でしか見たことはないが、何度も見た顔だ。

「私の顔を知っているようですね。笠原さん。阿藤《あとう》です。阿藤守信《もりのぶ》です」

六王教の現・御灯守《みとうもり》の息子だ。父の手足となって信者を動かす司令塔的な男だった。

直江は受話器を戻して、身構えた。守信は、傘を持たないほうの手で拳銃《けんじゅう》を握っている。

「………。六王教の教主の息子が、私に何の用ですか」

「奇妙丸《きみょうまる》様はどこだ」

「なに」

「おまえたちがさらって隠したことは知っている。早く返せ。さもないと」

直江は拳銃をひとにらみした。

（奇妙丸……。それはたしか、信長の長男の）

気づいたところで、守信の言いたいことを読み取った。

「石鎚山《いしづちさん》の赤ん坊のことか。人柱に守られた」

高坂の言葉を思い出したのだ。産子根針法という宮中の禁呪法。呪者の子供を礎体にして、霊地の力を呼び込むという。

「奇妙丸とは、信長の息子の名だな。やはりあの子供は、信長が産ませた子供なのか」

「敵に明かすことではない。どこに隠した。答えろ。さもないと」

親指で撃鉄《げきてつ》を起こし、至近距離で銃口を向けてくる。

夜叉衆を直接脅《おど》してくるとは、度胸はあるらしい。それとも単なる気の逸《はや》った短気者なのか。

直江が《力》を使えることは、六王教のものなら知っているだろうに。

「俺を撃ったところで、聞き出せないぞ」

「わかってる。だから、人質をとった」

「俺は天涯孤独だ。とられて困るような身内もいない」

「笠原総合病院に爆弾を仕掛けた」

直江は目を瞠った。

「……なん……だと」

「患者を大勢殺されたくなければ、言え」

よりにもよって、だ。両親が死に、親族との縁も切れたが、病院の患者となれば話は別だ。大量殺人予告ではないか。無関係の者を人質にとるなど、卑劣《ひれつ》にもほどがある。

「……どこに隠したのかは、我々も連絡を受けていない」

「ならば、景虎から聞き出せ」

「連絡がとれない」

いきなり発砲された。腿《もも》を撃たれて、直江はたまらず膝を落とした。しかし大きな傷にはならなかった。《護身波《ごしんは》》が皮膚《ひふ》に食い込むのを止めた。

「こざかしいな……。夜叉衆。患者を見殺しにするのか」

「やってみろ。俺の両親を殺したのも六王教の仕業だと、世間に公表する」

「証拠はない」

「ある」

守信が銃口を額《ひたい》に突きつけた時だった。

よせ、と鋭い声が、守信の背後からあがった。止めてあった黒塗りの車から、出てきた男がいる。栗《くり》色の髪をもつ背広姿の男だ。

運転手が傘を差しだしたが、それを拒《こば》んで近づいてきた。

「おまえは……っ」

「久しぶりだな。直江信綱《のぶつな》」

海外映画に出てくる俳優のような容姿で、流ちょうな日本語を操る。

森蘭丸《もりらんまる》だった。

まさか信長の側近《そっきん》まで出てくるとは考えてもみなかった。直江は警戒態勢をとり、いつでも念を扱えるように、身構えた。が、蘭丸はまるで交渉にやってきたエージェントのように微笑《ほほえ》みを絶やさず、それどころか、守信をうるさそうに追い払ったではないか。

「おまえの出番ではない。こしゃくな真似《まね》をするな、守信」

「しかし、蘭丸様」

「私は直江殿に話があってきたのだ。銃をしまえ」

森蘭丸の命令とあっては、従わないわけにはいかない。守信は銃を引き、下がった。

「何の用だ。赤ん坊を埋めて霊力を集めるだなんて、織田の下劣ぶりもきわまったな」

「奇妙丸様の居所を、わざわざおぬしから聞き出すつもりはない」

蘭丸は相変わらず薄笑いを浮かべながら、捉《とら》えどころのない口調で言った。

「……私は、君の今後の身の振り方について、ある提案をしたいと思っただけだ」

「身の振り方だと」

「……君を迎える用意がある」

直江は目を瞠った。一瞬、放心したが――。

すぐに声をあげて笑い飛ばした。

「米国で悪い酒でも飲んだのか!?　そんな冗談が飛び出てくるほど、信長はもうろくしているのか！」

「今でなくともいい。ただ今度の件が全て終わったあとで、君という人材まで失うのは惜しい、と我が殿は仰《おつしや》っておられる」

真意が読みとれず、直江はますます耳を疑ってしまう。

「なんだ、それは。人を持ち上げて何の取り引きをする気だ。今度の件とは、例の禁法のことか」

蘭丸がことさら、直江の耳元に口を寄せて、言った。

「……北里《きたざと》美奈子のことだ」

「なに」

「君に頼みがある」

声を殺して、ゆっくりと告げた。

「北里美奈子を、景虎には内密に、こちらへ引き渡してほしい」

直江は体中の血液が、すうっと地に吸われる心地がした。息を止めて、ひきつるほど目を見開き、間近にある蘭丸の顔を見た。蘭丸はひっそりと微笑んでいた。

「なに。難しいことを頼みたいのではない。景虎にも他の夜叉衆にも知られぬよう、ほんの少しだけ、こちらの指示したとおりに簡単な過失を犯してくれればいいだけ」

「ばかなことを言うな」

「もちろん、こちらも秘密は守ります。成功すれば、おそらく、この戦いはまもなく終結を迎えるでしょう。但《ただ》し、我々の勝利という形で」

「寝返れというのか。誰に向かって物を言っている」

「その時、あなたが望むならば、景虎を破魂《はこん》せず、生かしてやってもいいと」

直江は目を剝いて蘭丸を見た。蘭丸は受け止めるように切れ長の瞳を向けてくる。

「……戦犯は絞首刑、と相場は決まっているが、裁定はあくまで、直江殿の心持ち次第。まあ、日本から追放されたとしても、海の外に住む場所はいくらでもあります。こんな小さな島国のことなど忘れて、豊かな土地で第二の人生を歩むもよし」

「信長が許すはずがない」

「許しますとも。我が殿は従う者には寛容《かんよう》なのです。万一心変わりされたとしても、私が責任をもっておふたりをお逃がしいたしましょう」

夜叉衆の皆さんも、もちろん同様に、と付け加えた。

直江は絶句している。蘭丸は、不意にきびしい表情になり、

「流れは、もう完全にこちらにある。ここからはどれだけ我々から有利な条件を引き出しながら、自らの降伏にもちこむか、ではないのか」

「…………」

「むろん、相手が景虎殿ならこんなことは持ちださん。景虎殿は徹底抗戦を譲りはしないだろう。しかし建前がどうであれ、現実問題として終戦工作は必要になってくるものだ。それを唯一、考えられるのは、後見人であるあなたではないか。直江殿」

駅の屋根に雨だれの音が響く。街灯が激しく降り注ぐ雨の矢を照らしている。

直江は身じろぎもできずにいる。

「何も戦った果てに全滅する必要はないのだ。決して悪い話ではないはず。北里美奈子をあからさまに引き渡す必要はない。ただ彼女を我々が手に入れる時に、ほんの少し手を貸してくれさえすればいい。そうすれば、貴殿らの戦いも終わる。《調伏》という使命からも解放される。自由が手に入る」

「……蘭丸、貴様」

「不毛な使命を手放すなら、今です。直江殿」

それは悪魔の囁《ささや》き以外のなにものでもなかった。

直江は立ち尽くしている。蘭丸は上着のポケットから札束を取りだすと、直江の胸に押しつけた。

「こういうものがあったほうが、ふんぎりがつくようであれば、受け取ってくれ。他にも何か条件があるなら、交渉の席につく用意がある」

囁きながら、直江の手に摑ませる。

我にかえった直江が蘭丸を突き飛ばし、札束を足下に叩《たた》きつけた。

「愚弄《ぐろう》するのもたいがいにしろ！　次は殺す！」

罵倒《ばとう》すると、直江は水たまりをはねあげて、足音も荒く去っていった。

蘭丸は濡《ぬ》れた札束をゆっくりと拾い上げると、手の甲《こう》で軽く叩いて水気を払った。

守信がおそるおそる声をかけてくる。

「蘭丸様……。無理があります。いくらなんでも、あの上杉に調略を仕掛けるのは」

「いや。あの男、『次は』と言った。全くその気がないなら、私を『いま』殺している」

蘭丸は横殴りの雨の向こうに消えた直江の背中を、じっと見送った。

「やはり、そういうことのようだ。北里美奈子、思った以上に夜叉衆の……いや、景虎主従の心の溝掘りに一役買っている」

「といいますと」

「あの男、いずれこちらにつく」

蘭丸は確信めいた表情で、札束を懐《ふところ》に押し込んだ。

「もう一押し、必要なようだ。さて、ユダ役の三文役者にどんな演出をつけてやるとしようか」

風が強くなってきた。

叩きつけてくる雨をものともせず、蘭丸はきびすを返した。

第四章　月はみていた

四国に向かった晴家《はるいえ》が、色部勝長《いろべかつなが》と合流したのは、松山《まつやま》市内にある寺院だった。道後《どうご》温泉にほど近いところにある。四国霊場・第五十一番札所の石手寺《いしてじ》だ。

「来たか、晴家」

長い黒髪のかつらで変装している。

勝長が石鎚山《いしづちさん》から移動してきた理由は、あの赤ん坊だった。住職が八海《はっかい》の古い知り合いで、赤ん坊をかくまうため、協力してくれたという。

三重塔《さんじゅうのとう》もある大きな寺で、創建から千二百年を数える古刹《こさつ》でもある。二の門から仁王《におう》門にかけては屋根が付いた回廊風の参道になっていて、お遍路《へんろ》で賑《にぎ》わっている。

四国八十八カ所霊場はそもそもが結界《けっかい》で、それぞれの寺院は結界点をなしているが、石手寺は要《かなめ》のひとつでもあり、一際、強い霊地でもあるので、かくまうにはもってこいだった。

「これがその赤ん坊だ」

宿坊《しゅくぼう》にいた勝長が、抱いて連れてきたのは、可愛《かわい》らしい半纏《はんてん》に包まれた赤ん坊だ。

多宝塔《たほうとう》の下に埋められていたとは思えないほど、ふくふくとしていて、愛らしい。

「いやあ、まさか、赤ん坊の世話をすることになるとは……」

《おでこの真ん中にほくろがあって、まるで仏様《ほとけ》みたい。でも、ずいぶん大きいですね。聞いた話ではまだ三カ月かそこらだって》

「ここにきて急に大きくなってきた。止まっていた成長が、一気に進んだように」

晴家が覗《のぞ》き込むと、黒目がちの大きな瞳《ひとみ》でじっと見つめ返してくる。「べろべろばー」をしてやると、きゃっきゃと喜んだ。

「この分じゃ、もうすぐハイハイ始めるぞ」

《信じられないわ。本当にこの子が、信長《のぶなが》の……》

産子《うぶこ》が信長の子である可能性が高い。との情報は、直江《なおえ》から伝わっていた。

晴家は複雑だ。あの朽木《くちき》の子だというのか。

「なんとも言えんが、このまま成長のスピードが止まらなかったら、数日後には歩き出してしゃべり出すかもしれんなあ」

礎体《そたい》にされていただけあり、霊力は凄《すさ》まじく、強い。

「呼び名がないと不便だから〝石鎚〟から一文字とって〝石太郎《いしたろう》〟と呼んでる」

《男の子だったんですね》

そうこうしているうちに、ぐずりだしてしまう。

「ああ……。おむつかな。おねむかな。ちょっと待っていてくれ」

勝長は甲斐甲斐《かいがい》しい。大きな体で赤ん坊のおむつ替えをしている姿もほほえましかった。

《人柱にされていた女性たちは、いまどちらに？》

「無事、家に帰れたはずだ。しかしこの子の身元だけが判明しない上、あまりにも執拗《しつよう》に狙《ねら》われるものだから、警察とも相談して、この寺に預かってもらうことにした」

ようやく寝かしつけた。すーすー、とよく眠っている。

ほんのり桜色のほっぺたを見ているだけで癒《い》やされる。

《始めましょう》

晴家はおもむろに霊査《れいさ》を始めた。

掌《てのひら》から伝わってくるものを解析する。

「どうだ……？」

《曼荼羅《まんだら》のようなものが見えます》

とても複雑な図形だ。これが赤子にかけられている呪詛《じゅそ》の図形なのだろう。

《その曼荼羅の中に、いくつか光る点が……。何かしら……どこかでみたような》

「信長とは、どうだ。似てるか」

晴家は険《けわ》しい顔になった。苦渋を滲《にじ》ませ、はい、と答えた。

《霊気を感じます。確かにこれは……信長のものだわ……》

額《ひたい》の真ん中に鋭い痛みが走った。静電気が流れたような衝撃だった。

晴家は霊査を中断した。

《……この子……》

いま、霊査を拒《こば》まれた。本能的なものなのか。それとも。

「宮中呪法《じゅほう》なんか持ち出して、織田《おだ》は今度は何をする気なんだ」

「わからないわ。ただ他の霊場でも同じようなことをしているかも」

「なるほど。だが、納得もできる。それなら、何年もかけて道路を作って霊場を繋《つな》ぐより早く、霊場の力を直接、信長自身に集められるというわけだ。だが、そんなことしたら、信長はますます大きな力を持つぞ」

生前も、神になろうとした男だ。晩年は、安土《あづち》に自《みずか》らを崇《あが》めさせる寺まで作った。

《それが目的かもしれません……》

「なんのために」

たぶん、と晴家は険しい顔をした。

《私たちを……景虎《かげとら》を倒すため》

勝長も重苦しい顔になった。

「景虎は、冥界上杉《めいかいうえすぎ》軍を呼ぶ覚悟を決めたようだ」

上杉の最終手段だ。その存在は織田にとっては一番の脅威《きょうい》だろう。

「信長は、それに対抗できる切り札を手に入れようとしている。そういうことか」

今日にいたるまで、信長は様々な手段で景虎を消そうとしたが、ことごとく失敗している。夜叉衆《やしやしゆう》は今は劣勢に甘んじているが、最強の切り札はこちらの手にある。

「いよいよ決着をつける気か……」

晴家は思い詰めた顔をしている。

「どうした？　晴家」

《しんちゃんは、きっといいお父さんになると思ってた……》

石太郎のあどけない顔に、朽木慎治《しんじ》の面影《おもかげ》を重ねているのか。しんみりと呟《つぶや》いた。

《一見、亭主関白《ていしゆかんぱく》だけど、本当はお嫁さんにメロメロで子煩悩《こぼんのう》な……そんなお父さんになるんだろうなって》

朽木だったなら……。夜遅くまで働いてくたびれて帰ってきても、妻と子供の寝顔に癒やされて幸福を感じる。そんな姿が晴家には容易に想像できただけに。

今のありようが、悲しくてたまらない。

《しんちゃんのことは好きだったけど、恋とはちがうと思ってた。でももし本気の本気でプロポーズされたら、うなずいてもいいかな……なんて思うこともあったのよ。ほんとうよ》

「晴家……」

《私も家族というものとは縁遠い人間だけど、小杉《こすぎ》マリーとして家庭をもって一緒に人生を歩める相手がいるとしたら、その相手は、本当はしんちゃんみたいなひとなんじゃないかって》だけど。

──おまえがおまえの意志で、このわしを求めるのでなければ意味がない。

信長の言葉を思い出して、晴家は思わず、悔し涙をこぼした。

《信長なんて、ばかよ。本当の大うつけよ。しんちゃんがしんちゃんのままだったなら、私は、朽木慎治を選んだかもしれないのに》

指先で涙を拭《ぬぐ》って、晴家は石太郎の寝顔を見た。

いるはずもない自分の子供を見ているような気持ちになってくる。

──おまえがわしのものになるならば、景虎の破魂《はこん》はしない。

《結局、そうなのよ。何かと引き替えにさせることでしか、女ひとり手に入れられないのよ……。ばかな男なのよ》

勝長は黙って聞いている。

彼女から声を奪ったのも、信長だ。

そういうことでしか、執着を表現できない。

「……もう一度、ステージに立とう。晴家」

《え……？》

「医者として、おまえの声を必ず取り戻してやる。奪うことでしか愛情を示せないだなんて、そんなものは真の愛なんかじゃない。信長を倒したら、念願のレコードデビューするんだ。おまえの夢だったじゃないか」

晴家は放心してしまう。勝長は微笑《ほほえ》みかけた。

「……一番大切なものを取り戻そう。そして、ちゃんと幸福になれることを、証明するんだ」

《色部さん……》

そこへ、寺の小坊主《こぼうず》が駆け込んできた。慌《あわ》てた様子で玄関のほうを指さし、

「佐々木《ささき》さん、大変です！　すぐに来てください」

ふたりは顔を見合わせ、立ちあがった。

宿坊の玄関には、警察官をつれた中年の男女が、厳《いか》めしい顔で立っている。指名手配犯とばれたのか、と肝《きも》を冷やしたが、別の用件だったらしい。応対していた若い僧侶《そうりょ》が、弱り顔で勝長にすがってきた。

「この方々が、あの子を返してほしいと……」

「なに」

「ここに石鎚山で見つかった赤ん坊がいるだろう」

帽子をかぶった背広の男は巨軀《きょく》の持ち主で、太い眉をいからせて、勝長に迫った。

「それは私たちの子供だ。すぐに返してくれ」

「待ってください。あなたがたの子供とは」

「お産した病院からさらわれたんです。警察で写真を見せてもらって、間違いないと。会わせてください。ひとめ会えば、すぐにわかります。会わせて！」

母親とみられる女が泣きながら訴える。警察官によれば、さらわれたのは半年前。警察には届けていたが、遠方で、照会と連絡がうまくいってなかったという。

「わかりました。どうぞ」

両親を名乗る男女は、石太郎と対面した。間違いない、と言った。

「私たちの子です。生きていたのね、ぼうや」

「ありがとうございます。よかった。ほんとうによかった」

本来ならば、これで一件落着だ。しかし、勝長と晴家の表情は、険しいままだった。

「失礼ですが、お子さんの特徴は。ほくろとか、あざとか」

「……顔を見ればわかります。この子ですわ」

「間違いなくあなたがたのお子さんであると、証明していただけないと、連れて帰ってもらうことはできません」

「まあ！　私たちを疑うのですか！」

「あるのです。子供のできなかったご夫婦が赤ちゃんをさらうという事件が。疑うわけではありませんが、血液検査をさせてください。いまここで採取しますから」

と言って、勝長が愛用の黒カバンから注射器を取りだす。と、その時だった。男のほうがだしぬけに子供を抱き上げ、皆を突き飛ばして走り出したのだ。

「待ちなさい！」

勝長と晴家は、すぐに追いかけた。建物の外へ逃げた男は、振り向きざま、ふたりに向けて念を撃ち込んできた。

「！」

咄嗟《とっさ》に反応し、ふたりも反撃した。石手寺には強い結界を張ってあり、憑依霊《ひょういれい》は入ってこれない。つまり——。

(換生者《かんしょうしゃ》！)

「貴様、何者だ。織田の者か。名を名乗れ」

勝長が威嚇《いかく》した。男の腕の中で、石太郎は激しく泣いている。男は怯《ひる》まず、

「おまえが色部勝長か。上杉謙信《けんしん》の軍奉行《いくさぶぎょう》だったというのは」

「ああ、そうだ。おまえは誰だ」

「我が名は、佐久間盛政《さくまもりまさ》」

「！」

勝長も晴家も、驚きの声を発しかけた。

すぐに「鬼玄蕃《おにげんば》」という異名が、頭に浮かんだ。織田家の武将だ。巨漢と勇猛で知られた。

生前は北陸一向一揆《いっこういっき》との戦《いくさ》で大きな戦功を上げ、上杉とも因縁《いんねん》浅からぬ相手だ。景勝《かげかつ》が加賀《かが》に侵攻した際は、これと戦い、破ったこともある。

「柴田勝家《しばたかついえ》殿の、甥《おい》っ子か……。甦《よみがえ》っていたのか」

「我が生涯《しょうがい》は、信長公とともにあり」

賤ケ岳《しずがたけ》の戦では、柴田方につき、後《のち》に秀吉《ひでよし》に処刑された。だが、その秀吉も、盛政を買っていて「肥後《ひご》一国を与えるゆえ、家臣となれ」と誘ったが、毅然《きぜん》と断り、名誉の切腹すら拒み、堂々と斬首《ざんしゅ》の刑を受けたと伝えられる。織田家きっての猛将だ。

「この御子《みこ》は返してもらう。おまえたちはここで息絶える」

「ふざけるな！」

言うや否《いな》や、《力《りょく》》を撃ち込む。だが盛政は《護身波《ごしんは》》で防ぎ、ふたりを弾《はじ》き飛ばした。

「足止めしろ、八海！」

仁王門に立ちはだかった八海が、不動《ふどう》金縛り術をかけようとしたが、屈強な盛政はこれをも弾いて、八海にありったけの念を撃った。もんどり打った八海は、仁王門にぶちあたり、崩れ落ちてしまった。

《行かせないわ！》

晴家が念動力で、屋根の上の瓦《かわら》を落とす。雪崩《なだれ》を打って落ちてきた瓦に行く手を阻《はば》まれ、盛政は別の方向へと走った。追おうとする勝長を念で撃ったのは、連れの女だ。

「行かせませぬ！」

「虎《とら》よ、その者らを討ち滅ぼせ！」

盛政の娘である虎御前は、数珠《じゅず》を握り、阿弥陀《あみだ》の唱名《しょうみょう》を繰り出した。晴家と勝長の体を、目に見えない鎖《くさり》で捕らえ、縛り上げる。身動きがとれないばかりか、喉《のど》を強く締め上げてくる。

「ぐ……お……」

苦悶《くもん》して、今にも落ちかけた、その時だった。

異変は、盛政の腕の中で起こった。

「なに」

腕に抱いた石太郎の小さな拳《こぶし》から、閃光《せんこう》が放たれた。目つぶしでもくらったように盛政はよろめいた。石太郎の小さな体がみるみる重くなり、鉄の塊《かたまり》でも抱えているかのように腕にのしかかってきて、しまいには立っていられなくなる。

「なんだ……いったい何が！」

石太郎が今度は、熱を発し始めた。まるで溶けて灼熱《しゃくねつ》と化した鉄だ。抱えていられなくなり、たまらず手を離してしまった。

「父上……ぎゃ！」

虎姫の術が緩《ゆる》んだ瞬間、晴家がすかさず念を叩《たた》き込んだ。虎姫は顔面にまともにくらってしまう。数珠がばらけて地面に散った。

盛政めがけて勝長が機関銃《きかんじゅう》のように念を乱射する。こうなってはもう石太郎に近づくことさえもできない。念を被弾して戦えなくなった盛政がたまらず叫んだ。

「退《ひ》くぞ、虎！」

「おのれ上杉！　必ず奪い返す！」

　ふたりは追撃を防ぎつつ、逃げ出した。晴家がすぐに石太郎を保護して、勝長がふたりを追跡したが、捕らえることはできなかった。境内《けいだい》は参拝《さんぱい》客がいる中だったので、騒然としている。

「晴家、石太郎は」

《大丈夫です。無事です》

　怪我《けが》ひとつ負っていない。だが、何が起きたのか。あの閃光は確かに石太郎から放たれた。

「しかも盛政が自分から手放したようにみえたが」

《ねえ、色部さん……。この子、何か握ってる……》

え？　と勝長が目を瞠《みは》った。石太郎の右手だ。確かに何か握っている。

晴家が抱き上げて、その小さな右手をそっと開かせると、手の中にあったのは石だ。

　白くて丸い石を握っている。

「いつのまにこんな……」

　赤ん坊の手は大体いつも拳を握っているので、気がつかなかった。時折、あやす時に指で手を開かせたりもしていたので、見落とすはずはなかったが……。

「なんだろう、この石」

境内の砂利《じゃり》ではない。こんなに白くもないし、こんなに丸くもない。

まるで真珠《しんじゅ》のようだ。よく見ると、七色に光っていてオパールのようにも見える。

《なにか、中に透けてみえます……。これは、梵字《ぼんじ》？》

勝長も覗き込んだ。

「〝《ユ》〟……。弥勒菩薩《みろくぼさつ》の種字《しゅじ》だ」

石手寺の本尊は薬師如来《やくしにょらい》だ。勝長は目を瞠った。

「まさかこの子は……」

*

道後温泉の旅館街には、明かりが灯《とも》り始めていた。

石手寺にも夜のとばりがおり、お堂の戸も閉められた。大師堂のみ、明かりがついている。

勝長と住職は、晴家に抱かれた石太郎を囲んでいた。弘法大師《こうぼうだいし》像の前には、石太郎が手にしていた玉が祀《まつ》られている。

「赤子の手に石か……。この寺らしい話ですなあ」

住職が語ったのは、石手寺の名の由来だった。

もともとは「安養寺《あんようじ》」という名だった。名が変わったのには、ある理由がある。

昔、伊予《いよ》に「衛門三郎《えもんさぶろう》」なる人物がいた。強欲な男で、修行中に宿を求めてきた弘法大師を叩いて追い返してしまい、その後、子供たちが次々と死んだ。大師の怒りと考えた衛門三郎は、許しをこうため、衛門三郎は四国を巡り始めたという。それがお遍路の元祖《がんそ》と伝えられている。

やがて衛門三郎は、死ぬ間際にようやく大師と再会し、ある石を授かった。

その死後、何年かして、伊予の国主に生まれた赤子が、手に石を握って生まれてきた。その石には「衛門三郎再来」と記されてあったことから、生まれ変わりとわかったという。

「この石はまさか、この子が弥勒菩薩の生まれ変わりということでは」

「いや。これはたぶん、この地の霊力を固めたものです」

勝長が答えた。晴家が霊査したので間違いない。

「石太郎には、どうやら霊場に溢《あふ》れる仏法力《ぶっぽうりき》を玉に変える力があるようだ」

産子根針法《うぶこねばり》は、霊地の力を集め、血の繋がる呪者へと送り込むものだった。

「この子には、そういう力があるようだ」

「なんという……。まるで弘法大師の生まれ変わりのようではないか」

住職は感激して、石太郎へと手を合わせた。

「しかし、この子を連れ去ろうとするのは、何者なのですか」

「この子の力を、野心に用いようとする輩がいるのです」

「なんと……」

「しかも、この子だけとは限らない」

他の霊地にも、石太郎のような子供がまだいるかもしれない。

「その子たちも、助けなければ……」

でも、どうやって……。

「そのような素晴らしい御子がこの寺に来たのも、何かのご縁。必ずお守りするよう、寺の皆に申しつけましょう」

「ありがとうございます」

住職は大師堂を去っていった。代わりに入ってきたのは、八海だ。

「景虎様と連絡がとれました。六王教《ろくおうきょう》の者が〝奇妙丸《きみょうまる》〟を返せ、と迫ってきたとのこと」

「奇妙丸？　たしか信長の長男の幼名だな」

「この子の名前では」

自らの子に、かつての長男の名をつけたとしても、おかしくはない。

「佐久間盛政が直々《じきじき》取り返しに来るくらいだ。やはり、そういうことなのか」

(奇妙丸……。それがこの子の名……)

晴家が石太郎の顔を、覗き込んだ。すると、ぐっすりと眠っていたように見えた石太郎が、ふと目を開けたのだ。

突然、なにかが頭の中に飛び込んできたような感じがして、晴家は固まった。

異変に気づいたのは、勝長だ。

「どうした？　晴家？」

晴家は瞬《またた》きもせず、口を半開きにして静止している。やがて──。

「……さん……にん……」

しゃべれなかった彼女の口から、声が漏《も》れた。勝長は驚き、

「話せるようになったのか！」

答えずに、畳《たたみ》のふちを見つめて、晴家はたどたどしく言った。

「……さん……にん…だ……まおうの……こは……」

「なんだって？」

「のぶながは……みずからの……みつごを……じん……ぎ…と……なす……」

晴家の口がひとりでに言葉を紡《つむ》ぎ出す。勝長は気づいた。これは口寄せだ。話しているのは、晴家ではない。

「石太郎だ」

まさか、と八海も目を剥《む》いた。話すこともできない乳飲み子《ちのみご》が、口寄せをしているというのか！

「晴家は自分の意志では声も出せない。この子がしゃべっているとしか」

「……あと……ふたり……うぶこを……さがせ……。そのての……いしを……いしをあつめよ」

「石をだと？　石を集めたら、どうなる。なにが起こる」

「……みろくが……おりてくる……」

晴家の唇《くちびる》が、そう呟いた。

「みろくがおりてきて……まおうを……めっする……」

「みろくとは……弥勒菩薩のことか？　弥勒が兜率天《とそつてん》から下生《げしょう》するというのか。信長を倒すというのか！」

勝長の問いかけには答えず、晴家は目線ひとつ動かさず、口寄せを続ける。霊査能力が高い晴家は、意識も乗っ取られやすく、両刃の剣だが、物言わぬ者の意思も言葉にできる。

「みっつのぶっしょうせきを……てにしたものが……ごりょうをすべる……。……ひのやまの、はらより……みろくは……うまれん」

「ひの山……？」

「……みろくをうめ……みろくのみが……まおうを……」

言い終えると、そのまま気を失ってしまう。勝長に揺さぶられても、目を覚まさない。口寄せはそこで終わった。石太郎も目を閉じてしまった。

「勝長様、今のは信長のことですか。弥勒菩薩が信長を倒すと」

「わからん。……が、この子はどうやら我々を助けようとしてくれるようだ」

でなければ、自ら佐久間たちを撃退したりはしないだろう。

「いくら信長の子だとしても、赤ん坊がこれだけはっきりとした意志を示すなんて、普通ではありえない。この子は一体何者なんだ」

困惑する勝長に、八海が言った。

「まさか、胎児《たいじ》換生の換生者なのでは」

「なんだと」

その可能性はある。換生者ならば魂《たましい》の記憶を持っている。乳児ゆえに話すことはできなくても、魂の記憶のほうが鮮明さを保っているならば、口寄せという形なら、意志を伝えることもあるいはできるかもしれない。

「魔王を……信長を倒す方法がある」

これほど力強い示唆《しさ》はない。勝長は立ちあがった。

「景虎と連絡をとってくる。我々は引き続き、残りのふたりを探そう」

石太郎は無邪気な寝顔に戻っている。そのもみじのような手は、晴家の指を握って離さない。

三重塔の右肩に、蒼白い月が浮かんでいる。

＊

「三人の産子が握っている石を集めよ……。そう言ったんですね」

勝長からの電話を受けて、東京にいる景虎は、神妙な顔つきになった。

先日の一件で、村内《むらうち》が用意した隠れ家は警察に踏み込まれ、やむなく捨てることになった景虎たちは、代々木《よよぎ》にある米軍住宅へと移った。使用期間が終わって空き家になっていた物件だ。部屋には電話もついている。

「わかりました。《軒猿《のきざる》》を増員させます。その子の護衛は晴家にまかせて、色部さんは産子探しを始めてください――」

居間のソファには、長秀《ながひで》がいる。やりとりを聞いていた。

景虎は電話を切った。

「〝弥勒菩薩が魔王を倒す〟……か。どういう意味だ」

「わからん。何かの暗喩《あんゆ》かもな」

「仏教の教えにしたがえば、弥勒が下生するのは、五十六億七千万年先……。そいつがいま降りてきたっていうなら、だいぶはしょったことになる」

「教えが事実ならば、な」

景虎は壁にもたれて、腕組みした。

「それに信長の子だとしたら、敵の子供が言うことを簡単に信用していいものか、どうか」

「けど、追い払ったんだろ。佐久間盛政を」

「ああ」

「信長は自分を酷《ひど》い目に遭わせた父親だぜ？　俺なら、まあ、報復くらいは考えるね」

景虎は、窓際で黙り込んでいる直江《なおえ》を振り返った。

「おまえはどう思う。直江」

呼ばれて、どきり、としたふうに我に返った。

「……はい」

「聞いていなかったのか。昨日から様子が変だな。何か気がかりなことでも？」

直江は顔を強《こわ》ばらせて、黙り込んでしまう。

景虎は注意深く、その表情をじっと窺《うかが》っている。目を合わそうとしない。直江の胸の内も、読み取れそうで読み取れない。

「……いずれにせよ、信長にこれ以上、力を持たせるわけにはいかない。産子を使った呪法はすぐにでも破らなければ。残りのふたりを見つけ出す。直江、おまえも八神《やがみ》を連れて、行け」

「私が？」

「おまえは東京を離れろ。いまはあらゆる可能性に賭《か》ける」

「私は残ります」

直江は強い口調で言って、立ちあがった。

「あなたを東京に置いていくことはできません」

「オレが織田の目をひきつけている間に、おまえは産子を探せ」

「尚更、できません！　あなたを囮《おとり》にするような真似《まね》は」

「直江！」

だが、直江は引き下がらない。景虎のそばを離れられない理由がある。

――景虎が《力》を使う時は、目を離さないで。

晴家が危惧《きぐ》した暴走の兆候《ちょうこう》。直江はそのためにも残らなければならなかった。

「直江はよ、おまえが美奈子《みなこ》と切れねえのが気に入らないんだよ」

と長秀が投げやりに言った。

「なんだと」

「直江から美奈子のことに首突っ込まれんのが鬱陶《うっとう》しいんだろ。だから追い払いたいんだろ。みえみえなんだよ。女と離れたくないから東京に残ってるっつーのも」

「長秀」

景虎が怒りをあらわにして長秀を睨《にら》みつけた。

「言葉に気をつけろ。そんなつもりは毛頭ない」

「あの女はよくねえ。よくねえんだ。龍女《りゅうじょ》の血のせいだかなんだか知らねえが、あの女がいるせいで、こっちはうまく動けねえ。おまえが必要以上にかばうせいで、足手まといになってんのが、わかんねえか」

「言いがかりだ」

「おまえもおまえだ。景虎。仲間のこと想《おも》うんなら、さっさと切れ！　あんな女ひとりのために《軒猿》が何人やられたと思ってんだ。ただでさえ乏《とぼ》しい戦力をそんなとこに割《さ》く意味があんのか！」

「美奈子を取られれば、織田を有利にさせる。オレたちが守らないで誰が守る」

「そのせいで部下がやられてんだぞ！」

「そのためにオレたちがいるんだろう！」

景虎の切り返しに、長秀も答えを言い淀《よど》んだ。

「巻き込んだ責任は取らなければならない。美奈子だけじゃない。オレや直江の家族、他の現代人たちも」

「………。そんなに背負えるもんかよ」

「それでも背負うのが、オレたちの使命だ」

「やってられねえ」

長秀はクッションを床に投げつけて、立ちあがった。

「産子探しは俺が八神と行く。直江、おまえは景虎について護衛しろ」

「鉄二《てつじ》の面倒はどうするんだ」

「直江に任せる」

言うと、長秀は車の鍵《かぎ》をとって、部屋から出ていってしまった。長秀は長秀で、このところ、妙に荒れている。《力》を使う闘いのあとで、決まって苛《いら》ついていた。

残されたのは、直江と景虎だ。静まりかえった洋風の居間で、ふたりは立ち尽くした。人間関係がぎくしゃくしているせいで、物事もうまく運ばない。疲労が溜まっているせいもある。おもむろに直江が動き、食べ散らかしたテーブルを片づけ始めた。

景虎はそんな直江の背中を眺めて、口を開いた。

「新橋《しんばし》で美奈子を助けたそうだな」

「……はい」

「恩に着る」

「あなたが守れと言ったんです。命令に従ったまでです。恩など口にしないでください」

直江は景虎を見ようとしない。景虎だけが、直江の背中を見つめていた。

「長秀が言ったこと、おまえもそう思っているのか？」

「………」

「おまえはどう思ってる」

「私はあなたに従うだけです」

「おまえの考えを訊《き》いている」

答えを聞くまでは動かない。そんな気配を、直江は感じた。

「……。彼女は守るべきです。守られてしかるべきです」

景虎がその言葉にどう反応したのか、直江には見えなかった。あえて見なかった。ただ小さく吐息したのを感じた。肯定された安堵《あんど》だったのか、建前だと見抜いた失望の溜息《ためいき》だったのか。他の答えを期待していたのだとしても、この時の直江に「正解」は思い浮かばない。

心にもない言葉を口にしたら、自虐《じぎやく》的な気分になった。

「あなたが美奈子さんと一緒に東京を離れてはいかがですか」

「なに」

「美奈子さんと逃げるんです」

景虎は驚いた。その逆ばかりを強《し》いてきた直江の口から、そんな台詞《せりふ》が出るとは思ってもみなかったからだ。

「本気で言ってるのか」

「美奈子さんをこれ以上、東京に置いておくのは危険です。あなたが一緒なら安心だ」

「信長はどうする」

「私たちが引き継ぎます。あなたの肉体だって、もうまともに戦える状態じゃない。戦線離脱することも、立派な作戦のうちです」

「直江」

いやに強い語調で名を呼ばれた。ひどく切羽《せっぱ》詰まった響きに、直江は驚いた。

次に続く言葉を、沈黙の中で直江は待った。祈るような思いで待った。

それは自分を突き落とす言葉なのか、救う言葉なのか。そのどちらでもないのか。

景虎は長い沈黙のあとで、言った。

「……。おまえにとって、本当に欲しいものはなんなんだ」

意表をつかれた。

答えを待たず、景虎は居間から去っていく。直江は背を向けたまま、飲みかけのコップをシンクにおいて、固い蛇口《じゃぐち》をひねった。濁った赤い水が吐き出されてきた。

——北里《きたざと》美奈子を引き渡すのに、ほんの少し、力を貸してくれればいい。

蘭丸《らんまる》の言葉がずっと、頭にこびりついていた。

——景虎には内密にする。

(俺は、ばかだ……)

応じるなどありえない。蘭丸が持ちかけてきた途端、その先は聞かず、はねのけるべきだった。だが、そうできなかったのは。

(美奈子を、あの人の目の前から、消せる……)

誘惑だったからだ。

戦巫女《いくさみこ》だの産子の母だの、正直理由はどうでもいい。美奈子を景虎の前から消すことができるなら、と心が飛びつきかけた。そればかりか、何もかも織田のせいにしてしまえる。何も自分が美奈子に手をかけるというわけではない。ほんの少しだ。ほんの少し自分が「過失」を受け入れるだけでいい。あとは織田が片づけてくれる。

（馬鹿《ばか》な……。許されるはずもないし、俺にはできるわけもない）

（俺はなにを考えているんだ）

自分が空恐ろしくなった。

美奈子を売ろうというのか。

言語道断の裏切り行為に、一瞬でも目がくらんだ自分が、信じられなかった。

やましさで、景虎の顔がまともに見れなかった。

（惑わされるな。つけ込まれてはならない）

——終戦工作が必要なのです。それができるのは、あなたしかいない。

——不毛な使命を終わらせられるのも。

（耳を貸すな。少しでも扉を開いてしまったら、終わる……！）

シンクのふちに両手をおいて、うなだれた。蛇口からは水が出しっぱなしになっている。

そんな直江の姿を、ドアの陰《かげ》から、鉄二が見ている。

乾いた目をしている。

＊

景虎のもとに情報をもちこんだのは《軒猿》の八神だった。

「今夜、信長がロッツバーグと密談をするだと?」

信長の動向を監視している中で、ある米国の大手航空機製造会社の役員と秘密裏《ひみつり》に会うとの話をキャッチした。

「はい。運輸省の大臣もまじえての秘密会談ではないかと」

先日の米国行きも、民間機の大型受注に便宜《べんぎ》を図《はか》るためと噂《うわさ》されていた。だが、それだけではない。ロッツバーグは戦闘機も手がける軍産企業でもある。自衛隊機の購入に一枚噛《か》んでいるのでは、と滝田《たきた》たちはずいぶん前から疑いをかけていた。

場所は、議員御用達《ごようたし》の料亭だ。

「ロッツバーグの役員は、例の帳簿にも名があった」

「今夜、金が動くならば、裏を取るチャンスですね」

直江が言い、景虎もうなずいた。八神は調査報告を読み上げ、

「客として潜入する手も考えましたが、当日は、他の客は一切受け入れないようです」

「料亭の人間に憑依させて、潜入させてみるというのは」

「当然、織田も憑依霊には警戒するだろう。ここはやはり……」

景虎は鉄二に「透視《とうし》と遠見《とおみ》」で偵察することをもちかけた。すると、ようやく自分の出番と

ばかりに、鉄二は目を輝かせた。

「やらせてください！　必ずやりとげます」

景虎たちのようにまだその透視能力を目《ま》の当たりにしていない直江は、半信半疑だった。しかもまだ子供ではないか。

「子供じゃない。もう十五だ」

ませた鉄二はいっぱしの活動家気分でいる。景虎は「危険の及ばないところから」透視することを条件にした。

「肝心《かんじん》なのは金銭の受け渡しがあるかどうかだ。やらせてみる値打ちはある。やってみよう」

その夜、景虎と直江と鉄二の三人は、密談が行われる新橋の料亭へと向かった。

思った通り、警護の者が多い。築地塀《ついじべい》にぐるりと囲まれていて、松などの庭木が顔を覗かせる他は、中の様子を窺い知ることができない。

時間をおいて、ロッツバーグの役員と信長たちがそれぞれ料亭に入っていった。

「どうだ。鉄二。みえるか」

景虎と直江は、隣に立つ演舞場の建物に潜《ひそ》み、鉄二とともに様子を窺った。

「はい。みえます」

透視は近ければ近いほど、鮮明になる。距離がある遠見では、自分がよく知る人間しか視《み》ることができない。霊波同調ができた者だけしか通じない仕組らしい。だが、半径五十メートル以内ならば、周りで起きている出来事は建物の中であってもほぼ筒抜けで視えるという。その料亭には結界が張ってあって、憑依霊は弾かれるので近づけない。結界によっては透視や遠見を阻む例もあるが、幸い鉄二には効かなかったようだ。

「ちょっとぼやけますけど、みえます。空港で見た、髪の長い外国人みたいな男が、いま朽木と部屋に入ってきました」

「側近《そっきん》のハンドウだ。他には」

「写真で見たアメリカ人のでかい男がいます。えらそうにビールなんかのんでやがる」

「……いま、大臣の車がつきました」

直江が別窓から外の様子を見て言った。人目を避けるように、わざわざ車を裏門につけたところだ。

「ここからはよく見えないが……」

「大臣です。間違いない」

鉄二には視える。

「三人が揃《そろ》いました」

食事をしながらの、密談が始まる。

大物政治家と米国の大企業の重役を前にして、信長は悠然《ゆうぜん》としたものだ。誰がこの座を仕切っているのかは、一目瞭然《いちもくりょうぜん》だった。むしろ、こういう場こそ、信長の力が生きるのだろう。戦国時代もこうして朝廷の公家たちや商人や宣教師たちを取り込んでいたに違いない。

その動きを鉄二が逐一《ちくいち》、伝える。食事が終わり、水菓子がふるまわれた。やがて——。

「ハンドウが動きました。黒いアタッシュケースみたいなのを、大臣に差し出した。……いま、開けてる。札束です。札束がぎっしり」

「大臣に渡したのか」

「はい。大臣め、にたにたしてやがる。話がまとまったみたいだ。ちくしょう。賄賂《わいろ》を受け取りやがった。汚い政治家め……うっ！」

「どうした。鉄二」

唐突にうめいたきり、目を見開いて動かなくなってしまう。

「何があった？　おい、鉄二」

思いがけないことが起きた。座卓《ざたく》を挟んで大臣と向き合っていた信長が、なぜかその時、庭のほうを見た。鉄二が透視している「視野」は、ちょうど、庭の松から部屋の中を見る角度になるのだが、信長はその松を見つめている。

いや、信長は鉄二を見ている。まともに「目が合って」しまったのだ。

しかも、信長は視線をそらさない。築地塀越しに透視している鉄二を、じっと睨み返している。むろん信長から鉄二の姿は見えないはずなのだ。

「……みてる……」

「なに」

「朽木に気づかれた。こっちを見てる……みてる！」

景虎と直江がギョッとした。鉄二は恐怖に顔を歪《ゆが》ませた。透視している相手から、睨み返されることなど経験したことがなかったからだ。

「みられた……気づかれた……ひいいい！」

「透視をやめろ！　スイッチを切れ！」

景虎が思わず鉄二の目を掌でふさぎ《護身波》を張った。強い衝撃が景虎と鉄二を襲《おそ》った。ふたりはたまらず倒れ込んだ。

「景虎様！」

鉄二の額から血が流れている。あと少し遅かったら、脳ごと破壊されているところだ。

「な……なんなんだよ……朽木ってやつは……なんで気づくんだよォッ」

「いかん、人が来る！　逃げるぞ！」

景虎たちに無理矢理引かれて、その場を離れた。すぐに信長が指示したのだろう。追っ手はすぐにやってきた。やはり「透視」に気づいたのだ。警戒中の警察官もいる。あっという間に建物を囲まれた。

「直江、鉄二を連れて裏から逃げろ。オレが引きつける」

「しかし……っ」

「いいから行け！」

直江は鉄二の腕を引き、建物の裏をすり抜けるようにして走り出す。景虎は反対方向へと走った。わざと表玄関のほうへ逃げたのだ。たちまち警官に見つかった。「いたぞ！」と声があがり、追跡が始まった。追跡者たちをひきつけて、路地に誘いこみ、念と催眠暗示で昏倒させていく。だが、彼の目的は、別にあった。警備をかく乱した景虎はぐるりと築地塀の裏に回り込み、逃げるどころか、迷わず、高い塀を跳び越えて、料亭の庭へと入り込んだのだ。

土足で屋敷に入り込み、信長たちのいる部屋を探し当て、障子《しょうじ》を勢いよく開け放った。

そこには、信長がいる。

大臣と取引先の重役は、騒ぎを聞きつけて部屋を出たあとだったらしい。

信長は逃げもせず、ひとりくつろいで酒を呑《の》んでいた。

「遅かったな……。景虎」

まるで何もかも見透かしていたとばかりだ。景虎は警戒し、

「他のふたりは、どこだ。逃げ足が速いな」

「覗き見とは貴様も趣味が悪い。……贈賄《ぞうわい》の現場を押さえるつもりだったか」

見透かしている。杯《さかずき》を差し出した。

「まあ呑め」

景虎は、受け取らない。信長はほくそ笑み、杯を座卓に置いた。

「そんなに殺気立《さっきだ》っては話もできまい。安心しろ。毒など入っておらぬ」

景虎は視線を外さないようにしながら、ゆっくりと腰をおろし、杯を手にする。信長も、その視線を受け止めながら、景虎の杯に酒を注《そそ》ぎ、自らも手酌《てじゃく》して、飲み干した。景虎も静かに飲み干した。

視線は外さない。

「話などない」

「ではなぜここにいる」

「おまえがオレを待っていたのと、同じ理由だ」

庭で啼《な》いていた鈴虫の声が、やんだ。

座卓に置かれた銚子《ちょうし》が小刻みに震えている。ふたりの手にした杯に、細かく亀裂《きれつ》が走り、ほぼ同時に砕けた。景虎も信長も、一見悠然としているが、すでに戦いは始まっている。みしみし、と柱や梁《はり》が軋《きし》み、窓ガラスが、びりびりと細かく震えている。猛烈な気と気が、ぶつかっている。いまこの瞬間も衝突し続けている。

何もかもが静止しているようにみえるのは、力が互角だからだ。全力の腕相撲《うでずもう》が、第三者からは、あたかも静止してみえるように。

どちらかが一瞬たりとも気を緩めれば、たちまち頭を砕かれて即死《そくし》だろう。

極限の戦いは、目には見えない。

ぱん、と電球が割れた。暗くなった部屋は月が代わりに照らした。気味の悪い鳴動《めいどう》が、建物全体に及ぶ。

信長も景虎も、目をそらさない。瞬きすら許されない。

窓ガラスがしなって、砕け飛んだ。庭にいた鈴虫は、破裂して死んだ。なおも、みしみしと建物中が軋み続ける。ふたりは睨み合い続ける。

緊張が極限に達し、集中力が限界を超えていく。

景虎の額に、ツ、と一筋、血が流れた。信長の額からも同様に血が流れ、顎《あご》へと伝った。

圧縮された空気が、ちりちり、とふたりの間で奇妙なうなりをあげる。高まっていく力と力で、ガラスの破片が浮き上がる。浮き出た血管が震える。目が血走る。眉間《みけん》に力をこめて、持てる限りの念で延々と押し合う。どちらかが尽きるまで続く、と思われた、その時だ。

どん、という燃焼音とともに、ふたりの間に青い炎が立ち上り、ふたりの体は反動のように床にたたきつけられた。

「なに……！」

圧縮した念と念が一気に燃焼して霧散《むさん》した。何かがふたりの念を放散させてしまったのだ。

ふたりは同時に、強い気配を感じて、振り返った。

庭に、奇妙な僧侶が立っている。

青い炎をまとう、編《あ》み笠《がさ》をかぶった修行僧だ。
「何者だ」
修行僧は錫杖《しやくじよう》を握っている。
《ここにおったか。悪鬼ども……》
まるで洞窟《どうくつ》の中で轟《とどろ》きわたるような声だった。笠で顔を隠したまま、僧は言った。
《おぬしらは、出会うてはならぬ〝さだめ〟であった。この世を歪める、悪鬼となり果てた》
「ククク……ははは！　邪魔《じやま》をいたすな！」
信長が念を撃ち込んだが、修行僧は錫杖を突きだして、念を散らした。
これには信長も怯んだ。普通の人間だったなら、肉片になっているほどの威力だ。
《おぬしらが死なねば、この国が滅びる。いや、このまま置いては世界がくるう》
なんだと、と信長はうめいた。景虎は、だが茫然《ぼうぜん》としたまま、動けない。
（……まさか、そこにいるのは……）
ぞっとするような想いで、震え始めた。
（あなたはまさか）
《滅びよ》
修行僧が、ぐん、と錫杖を突きだした。
ふたりの肉体を、無数のかまいたちが襲った。

「！」

血が噴《ふ》き上がった。

どちらの《護身波》も全く効かなかったのだ。

畳の上に倒れ込んだ。景虎も信長も、血まみれになって昏倒《こんとう》した。

建物の中に警護の者たちが駆け込んできたのは、そのすぐ直後だった。部屋の中で血まみれになって倒れているふたりを見つけ、叫んだのは、六王教の阿藤守信《あとうもりのぶ》だった。

「信長様……！　いかん、救急車だ！　すぐに救急車を呼べ！」

信長は、ぴくり、とも動かない。景虎の視界も暗くなっていく。思うように動かない指を、必死にさしのべた。……あなた、は……。

——けんしん……こう……？

部屋の中が騒然となる頃には、もう修行僧の姿はない。

僧侶が立っていた場所には、青い炎が、残り火のようにちりちりと燃えている。

＊

鉄二はパニックになっていた。

直江がつれて逃げ、景虎が囮になったおかげで、どうにか追っ手からは逃れきったものの、鉄二のほうがひどい興奮状態になってしまっていて、ひたすらわめき続けている。これではまた見つかってしまう。

「みてた……みてたんだよ、朽木が！　透視してるの、いままで絶対誰にも気づかれなかったのに……！　俺に気づいたんだ……にらみかえしてきた……ころされる！」

「おい、落ち着け！」

「ころされる……朽木に殺される！」

築地《つきじ》川のほとりまで逃げてきた直江は、ともかく鉄二を落ち着かせようとした。

透視ではっきりと気づかれたのは、初めてだったのだろう。

透視も遠見も、見る本人がその場にいないため、対象からは絶対に気づかれない、という安心感と自信がある。一方的に見る、見られることなく見る、知られずに盗み見るのは、相手に対して圧倒的優位に立つことでもあり、それができる鉄二に優越感すらもたらしただろう。

それを覆《くつがえ》された。

しかも、確実に自分だと特定された。

その恐怖。

「大丈夫だ。落ち着け……！　朽木は気づいたかもしれないが、おまえの姿を見られたわけでもない。大丈夫だ！」

ようやくなだめられ、鉄二はコンクリートの川べりにしゃがみこんだ。

そして、今度は悔しくなったのか。「くそ、くそ」と泣きじゃくりながら、うずくまる。

「……おまえはよくやった。だが、こんなのはまだ序の口だ。そういう相手だ」

「……なんなんだよ朽木って……」

「それとも、怖くなったか。もう透視はしたくないか」

鉄二は黙り込んでしまう。覚悟を問われ、自信が揺らいでしまった。

「わかったか。……危険の及ばない場所から、なんて、虫のいい話なんだ。必ず傷を負う。これが戦いってやつなんだ」

「でも俺は仇《かたき》をとりたいんだよ。なんとかして、とりたいんだ！」

鉄二は膝《ひざ》を抱えて泣き出してしまった。直江は同情気味に見下ろしている。

柳の枝が風に揺れている。川面《かわも》に映る月が、船の起こした波に揺られ、ちぎれた。

鉄二の肩に手を置いた、その時だった。

「そこのぼうやか？　我が殿を見ていたのは」

「！」

直江はぎょっとして振り返った。

柳の枝をのれんのように手でおしやって、現れたのは、森《もり》蘭丸だった。

直江は鉄二を背中にかばい、対峙《たいじ》する。

蘭丸は薄笑いを浮かべている。

「こりもしないで、こんな子供を引き込むとは。景虎は地に墜《お》ちたな」

「墜ちたのはそっちだ、蘭丸。金で買わなければ、世の中も動かせないとは。おまえらの政界工作は現代じゃ通用しない。じき破綻《はたん》する。死んだ人間は退場だ。おまえたちを現代人が裁く」

「議論に来たんじゃない。私は答えを聞きに来たのだ。直江信綱《のぶつな》」

直江は強ばった。鉄二が不思議そうな顔で、覗き込んでくる。

蘭丸はそれをちらりと見て、

「……では、聞こう。イエスかノーか」

「ノーだ」

と直江はきっぱり答えた。

「応じるつもりはない。答えはノーだ」

「終戦工作の意味がわかっていないようだな」

栗《くり》色の髪を風に乱して、蘭丸は言った。

「降伏には二種類ある。手に残るものがあるうちに行う賢《かしこ》い降伏。焼け野原にされ、全《すべ》てを失ってから白旗をあげる愚《おろ》かな降伏。無条件降伏とは、手遅れ、という意味だ。直江家に名を連ねる者ならば、賢明な選択をするはずだ」

「………。口車には乗らない」

「本当は、揺らいでいるのだろう」

「なに」

「胸に手をあてて、よく考えろ」

歩き出した蘭丸が、すれ違いざま、直江の耳元へ告げた。

「おまえが何を望んでいるのかを。そしてそれは、手を汚さずに、かなえられるぞ」

直江は棒立ちになった。

蘭丸は歩き出す。直江の後ろで困惑している鉄二に向けて、笑いかけた。

「ぼうや。大人の世界を覗き込むのは、十年早い。悪いことは言わん。早く帰って寝ろ」

凄《すご》みのある微笑に底知れない悪意を読み取り、鉄二は震え上がった。蘭丸はふたりには手を出すこともなく、忠告だけして去っていった。

「笠原《かさはら》のお兄さん……やっつけなくていいの？」

直江は天を仰ぎ、目をつぶった。拳が震えていた。

柳の枝が夜風に揺れている。

黒い川面に映る月が、冴《さ》え冴《ざ》えと輝いている。

第五章　神の雷

直江《なおえ》が駆けつけた時、すでに景虎《かげとら》は警察に身柄を確保されて病院に運ばれたあとだった。騒ぎは、ここで鉄二《てつじ》が遠見《とおみ》をして知った。景虎は信長《のぶなが》を仕留めようとしたらしい。その信長も重傷を負った。ふたりは同じ部屋で倒れていたという。

現場は騒然としている。パトカーの赤色灯《せきしょくとう》が、築地塀《ついじべい》を照らしている。駆けつけてきた《軒猿《のきざる》》たちに直江は指示した。

「――俺は景虎様のもとに行く。おまえたちは鉄二を頼む！」

そんな直江の前に一台のバンが飛び込んできた。運転席から中年男が顔を出した。

「乗れ、笠原《かさはら》！」

「滝田《たきた》……っ。どうして」

「いいから、早《は》よ乗れ！」

景虎を乗せた救急車は、サイレンを鳴らしながら、夜の街を病院へと急行しているところだった。

重傷を負った景虎のそばには、警察官がついている。景虎は意識がない。

運転している救急隊員が、突然、交差点の真横から突っ込んできたトラックに気づいて、急ブレーキを踏んだ。トラックは救急車を通せんぼする形で止まり、中からばたばたと男が三人降りてきて、救急隊員に駆け寄った。

「後ろに乗ってる患者はゲリラで爆弾を持っている。自爆する気だ、すぐに降りろ！」

「なんだって……うわ！」

運転席と助手席から隊員が引きずり降ろされた。三人目の男が後部ドアを開け、景虎に付きそう警官たちに拳銃《けんじゅう》を向けた。

「なんだ貴様！」

「おりろ！　早く……！」

乱暴に突きつけられ、警察官が手を上げると、彼らを無理矢理、外へと追い出した。間髪《かんはつ》入れず、救急車が動き出し、ハンドルを切ってトラックをよけたかと思うと、反対車線の車を縫《ぬ》うようにして走り出す。

「おい、待て！」

救急車を奪われた警官たちは、なすすべもない。救急車は猛スピードで走り去る。後から追いついたパトカーが追跡を始めた。

ハンドルを握っているのは、長秀《ながひで》だった。後部の移動式担架《たんか》に横たわる景虎を診《み》たのは、《軒猿》の八神《やがみ》だ。

「まだ生きてるか！」

「はい、息はあります。しかし意識が」

「息があるだけ上出来だ」

と言ったのは、助手席にいる高坂弾正《こうさかだんじょう》だった。

「信長が死んでいてくれれば、なおよしだが」

「くそ……っ。むちゃくちゃしやがる。心配して来てみりゃ案の定だ」

長秀はまだ東京を離れていなかった。正確には高坂から奇妙な知らせを受けて、急遽、引き返してきたところだ。

「危険な予兆《よちょう》ってのは、このことかよ。景虎が信長と相討ちになるってのか」

「そうではない。やつだ。やつが現れた」

「やつとは……？」

高坂は答えない。奪った救急車で走り続け、荒川《あらかわ》の河川敷《かせんじき》へとおりてきた。そこには白いバンが待っている。降りてきたのは、滝田と直江だった。

「長秀、八神！　おまえたち、東京を離れたんじゃなかったのか。高坂まで！」

「色々あってな。奴《やっこ》さんは後ろだ。すぐに積み替えるぞ」

と荷物のように言い、後ろの扉からストレッチャーごと景虎をおろした。衣服が血に染まっている。ひどい裂傷《れっしょう》を全身に負っている。

「景虎様……わかりますか！　私です！」

何度も呼びかけると、ようやくまぶたがぴくりと反応した。景虎はどんよりとした目をわずかに開いた。

「景虎様！」

「……つかわ……神社を……」

朦朧《もうろう》とした目で、景虎は呟《つぶや》いた。

「……まつかわじんじゃを……防護しろ……いますぐ」

「無理にしゃべらないでください！　すぐに連れていく。こっちへ移……！」

直江の手を景虎が握った。その強さにハッとしてしまった。景虎は必死の眼差《まなざ》しで、直江を見上げている。

「いそげ……、信長がうごく……最大級の…防御……を！」

直江は青ざめ、背後にいる長秀を見た。長秀も顔を強《こわ》ばらせている。すぐにうなずくと、八神を連れて走り出した。ストレッチャーをバンの荷台に押し込み、直江がそばについた。景虎はひどい脂汗《あぶら》を流しながら、苦悶《くもん》している。

「応急処置をする。滝田、運転を頼む」

「よっしゃ。まかせろ！」

すかさず助手席にするりと高坂が乗り込んだ。バンは夜の河川敷を後にした。

＊

朽木慎治《くちきしんじ》が運ばれたのは、救急指定の大学病院だった。

駆けつけたのは警視庁捜査一課の椋本《むくもと》刑事だ。橋脚破壊事件で景虎を調べた男だ。襲撃《しゅうげき》事件の知らせを受け、未明にもかかわらず、駆けつけた。

「お静かに！　患者は重傷です！　お静かに！」

「警視庁の椋本だ。被害者に面会したい！」

「まだ意識が戻っておりませ……あ、ちょっと！」

椋本は巨軀《きょく》で強引に看護婦を押しのけ、病室に乗り込んだ。ベッドに横たわっているのは、朽木慎治だった。

全身包帯だらけだ。痛々しい姿になっている。そのそばには、六王教《ろくおうきょう》の阿藤守信《あとうもりのぶ》と森蘭丸《もりらんまる》がいる。沈痛《ちんつう》な表情で立ち尽くしている。

「警視庁捜査一課の椋本です。通報者はどちらですか」

「私です」

と答えたのは、守信だった。

「加瀬賢三《かせけんぞう》の身柄は拘束《こうそく》しました。いまは警察病院のほうで治療が行われている最中かと」

「……。殺してください」

横から言ったのは、森蘭丸だった。紙のように白い顔をして、怒りに声を震わせた。

「治療などする必要はない。そのまま殺せ！」

「お気持ちは十分察しますが、取り調べをして容疑を認めさせなければ」

「殿を……このような目に遭わせおって……。ゆるさん……ゆるさんぞ、景虎」

憤怒《ふんぬ》に歪《ゆが》む顔は、般若《はんにゃ》のようだ。そのあまりの殺気《さっき》に、百戦錬磨《ひゃくせんれんま》の椋本もたじろいで、後ずさってしまった。そこへナースステーションから電話の呼び出しがあった。椋本は病室を出た。

「はい……むくも……。え？　なんだと……救急車ごと奪われただと!?」

知らせを聞いた椋本は、思わず怒鳴り返してしまった。

「一体なにをやってたんだ！　追跡したのか？　振り切られただと？　この役立たずどもが！　すぐに都内全域に検問をはれ。緊急配備だ！」

椋本の怒鳴り声が病室にまで聞こえたのか、守信と蘭丸がいまいましげに顔をあげた。

「上杉《うえすぎ》め……。絶対に許さん……」

目的は偵察だと踏んでいた。あのタイミングで景虎自身が信長に直接襲撃を仕掛けてくるとは、蘭丸にとっても「よもや」の事態だった。警護がついていたとはいえ、信長のそばを離れたことは、悔やんでも悔やみきれない。

「おのれ景虎ぁぁぁ……」

拳《こぶし》を白くして震わせる。掌にくいこんだ爪《つめ》が皮膚《ひふ》を破り、血が流れた。

ぽとり、と床に落ちた時である。

信長が、すうっと目を開けたのは。

「殿！」

「殿、お目覚めにございまするか！」

信長は瞳《ひとみ》を開いて、しばらく天井を見つめていた。

蘭丸と守信は枕元《まくらもと》にすがりつき、「お加減はいかがにございまするか」と問いかける。

痛いとも辛《つら》いとも、言わなかった。ただ能面のように冷たい無表情で、天井を見上げている。

蘭丸たちを見ることもしない。まるで時間が静止したかのように、そのままでいた。

ようやく、口元が動いた。

「攻撃だ」

蘭丸は、声を聞き取り損ねた。

「殿、いまなんと？」

「攻撃の支度をせよ。上杉を攻撃する」

「攻撃……っ。では、あれを」

「あれを使う」

信長の口調は、冷静だった。重傷を負った体を感じさせない、いつもと変わらぬ口調だった。

「支度をいたせ」

「は！」

蘭丸は目で守信に合図した。守信はたちまち表情を変えると、深く一礼して、病室から飛び出していった。

信長の能面めいた瞳に、冷たい憤怒が満ちているのを、蘭丸は見た。ぞっとするほどの憎悪がみなぎっていた。信長の常軌《じょうき》を逸《いっ》した勘気《かんき》を、蘭丸は不意に思い出し、身を強ばらせた。

「……やつだ。やつが現れおった」

「やつ、とは」

信長の怒りは景虎とは別のものに向かっている。

「神刀をもて」

それは信長が本能寺《ほんのうじ》で自害した時に用いた刀のことだ。蘭丸は強い危機感を覚えた。

「殿……っ。しかし、あれらはまだ満願には達しておらず」

「満願に達せずとも、十分に根を張ったはずだ」

「奇妙丸《きみょうまる》様はまだ取り返せておりませぬゆえ、どこまで力を発揮《はっき》できるか」

「かまわん。今すぐだ」

「攻撃するとなると、周辺まで破壊が及ぶ可能性が」

信長の口元が、つり上がった。ぞっとするような凶気を秘めていた。

「それがなんだ。かまわん。ここで行う。誰もいれるな」

蘭丸は戦慄《せんりつ》を隠せなかったが、覚悟を決めると「はっ！」と一礼した。

信長は包帯に包まれた自《みずか》らの掌《てのひら》を見て、暗がりの向こうを睨《にら》みつけた。

「ついに自ら出てきおったか。……このままではおかん。謙信《けんしん》め」

＊

長秀と八神が赤坂《あかさか》に到着したのは、それから一時間ほど経《た》つ頃だった。警察が緊急配備を敷いたため、都心はどこも物々しい。あちこちに検問が張られている。

上杉が拠点にしている松川《まつかわ》神社は、警察に完全に包囲されていた。長秀たちも容易には近づけない。

「中には、何人いる」

「結界護持《けっかいごじ》のための法番が五名。勤番が七名」

「なんとか知らせねえと」

「電話は通じません。線を断たれてしまったとしか」

嫌な予感がしてならない。景虎があれだけ切迫した口調で危険を知らせてきたからには、何かあるはずだ。信長が動く、と言った。攻撃？　どんな？

織田《おだ》からの霊波攻撃なら常にくらっていると言ってもいい。そのための結界だ。これ以上の攻撃がくるというのか。どこから。

（まさかミサイルでも撃ち込もうってんじゃねえだろうな……っ）

「とにかく中に入る。俺が直接、壇《だん》について毘沙門天《びしゃもんてん》の護持法を……っ」

言いかけた時だった。突然、背後からフラッシュを焚《た》かれたような強い光を感じ、長秀たちは振り返った。しかし誰もいない。稲光《いなびかり》か？　と思った長秀は「あっ」と声をあげた。

東京タワーが白く発光している。そのアンテナの先には消えない稲妻《いなづま》のようなものが、天から貫《つらぬ》いていた。しかし空は晴れていて雷雲もない。周りを見渡すと、細い稲妻があちこちを貫いている。町中の避雷針《ひらいしん》だかアンテナだかに落ち、まるで夜空に幾千《いくせん》もの霜柱《しもばしら》が生まれたような、異様な光景だった。

「なんなんだ、ありゃあ……ッ」

それらはどんどん広がっていき、急速に四方の空を埋め尽くしたと思った瞬間だった。

再び、空がパッと白く光った。今度は頭上だった。

まさに真上から何か、猛烈なプレッシャーが襲《おそ》いかかってきた。

長秀が本能的に危険を感じ、思わず叫んだ。

「伏せろ、八神！」

空から巨大な光の塊《かたまり》が、松川神社を撃ち貫いた。

至近距離でメガトン爆弾が落ちたかのような衝撃だった。

毘沙門結界がその塊をまともにくらって、青白く燃え上がり、悲鳴のようなうなりをあげて耐え続けていたが、ドーム状の表面が大きくしなったなと思うと、次の瞬間、激しい衝撃波を発して吹き飛んだ。

長秀も八神も、地面にへばりついた。頭上から猛烈な圧力をくらって頭をあげることさえできなかった。爆風が松川神社の建物を引きはがし、あっという間に吹き飛ばす。熱風が駆け抜け、長秀も《護身波《ごしんは》》をどうにか張ったが、息ができない。耐えるので精一杯だ。

吹き飛んだ瓦礫《がれき》が叩《たた》きつけてくる。包囲していた警察車両も、爆風に耐えられず、模型の車のようにいともたやすく転がった。

耳をつんざく轟音《ごうおん》が、町中にいくえにもこだましていく。

辺りはもうもうとした砂埃《すなぼこり》が立ちこめ、長秀も八神も、頭から礫塵《れきじん》をかぶって真っ白になってしまった。

ようやく顔をあげたのは、それから何分経った頃だろう。

地面には、薄気味悪い血のような、どす黒い炎が、何重もの筋を描いて、残っている。

「……なん……だ……いまの……」

目の前には、ねじくれたフェンスとひしゃげた車……。松川神社があったところには、もう何もなく、コンクリートの土台すらもなく、巨大な穴が開いている。

長秀は、ごくり、とつばをのんだ。

ばかな……、と呟いたが、声がかすれてまともに言葉にならなかった。

（毘沙門結界が……）

ジェット機の墜落《ついらく》にも耐えられるほど強固な結界が、ひとたまりもなかった。それどころか、たった一瞬で、そこにあった建物も人も車も、跡形もなく消滅してしまった。

周りの建物も、大きな被害をこうむっている。

ビルのガラスは全《すべ》て割れ、瓦《かわら》も飛び、折れて鉄筋《てっきん》のねじまがった電柱が、遙《はる》か数百メートル先までである。

《護身波》で防がなかったら、長秀たちも今頃は生きていない。

「……なんてこった……」

東京を守るための「砦《とりで》」だった。

毘沙門天の法力《ほうりき》で築き上げた、最強の城のはずだった。

ひとたまりもなかった。

長秀は立ち尽くした。

熱風の余韻《よいん》のようなぬるい風が、虚《むな》しく吹いている。

城は、落ちた。一瞬で落城した。

そしてこの破壊が、誰の手によるものかは、明らかだったのだ。

＊

負傷した景虎の処置はどうにか終わった。

全身を何針縫ったか、わからない。直江は持針器《じしんき》を膿盆《のうぼん》に置いて、大きく息をついた。

そばで助手代わりをしていた滝田も、緊張が解けたか、思わず汗をぬぐった。

「……すげーな。さすが元医大生」

「動脈を断つような傷だったら、手に負えなかった。本当は入院させたいところだが」

直江は、背後に立っている高坂弾正を振り返った。

「……よくこんな場所を知っていたな。高坂」

「知り合いの開業医だ。医者も看護婦も通いだから、夜中と休日は誰もいない」

郊外にある外科医院だ。どうにかこうにか怪我《けが》の処置は終えたが、ここにいられるのも、せいぜい一日だ。

そうしている間にも、外をひっきりなしにサイレンが行きかう。夜も更《ふ》けたというのに、パトカーだか消防車だかが、行き来し、そのたびに息を潜《ひそ》めた。自分たちを探しているのだろう。指名手配犯を運ぶ救急車が奪われたのだ。今頃は警察も緊急配備を敷いていることだろうから、下手には動けない。

「なに。検問に引っかかったら、催眠暗示でくぐり抜ければ済むこと」

「都内にいるのは、あぶない。ほとぼりが醒《さ》めるまで少し東京を離れてたほうがいい」

滝田が忠告した。

「どこか行く当てはあるか」

「天目山《てんもくざん》に知り合いがいる。あそこならかくまってもらえるはずだ」

「龍女《りゅうじょ》の家か。武田勝頼《たけだかつより》公ゆかりの」

と高坂が言った。直江の大学の後輩だった坂口靖雄《さかぐちやすお》の実家だ。龍女事件が解決したあとも坂口を通じて親交があり、指名手配騒ぎになったあとも、何かと協力を申し出てくれていた。

「朝になったら連絡を入れてみる。夜明けまで待ってここを出よう」

「わかった。俺も仲間に連絡せんと」

滝田は立ちあがって、ポケットから使い古した手帳を取りだした。

「……今夜の密談、大臣たちが出入りするところ、ばっちり望遠カメラで捉《とら》えてるはずだ。現場押さえられたのも、おまえらのたれ込みのおかげだ。恩に着るぜ」

「ああ……。うまくやってくれ」

滝田は電話のある受付に向かった。診療室には、高坂と直江が残った。

景虎は麻酔《ますい》が効いていて、ぐったりとはしているが、傷の痛みからは多少は逃れられているようだ。直江は器具を片づけながら、高坂に言った。

「なんでおまえがここにいる。長秀に言った予兆とはなんだ。何に気づいた」

「どうやら厄介《やっかい》なやつが現れた」

なに、と直江は勢いよく振り返った。

「どういうことだ」

「景虎と信長の前に現れたのだ。ふたりを倒したのも、そいつだ」

「倒した？　相討ちしたんじゃないのか。一体、誰だ」

高坂も珍しく真顔になって、何事か考え込んでしまっている。何が起きても不遜《ふそん》を崩さない高坂が、そうもできないほどの相手だということか。

直江にわかるのは、あの高坂ですら「深刻だ」と受け止める状況にいる、ということだけだ。

（いったい、あのふたりの前で何が起きたんだ……）

「おい、大変だ！　笠原！」

受付で新聞社の同僚に電話をしていた滝田が、血相を変えて、診療室へと駆け戻ってきた。

「なんだ。どうした」

「松川神社がやられた」

なに、と直江が言い返した。高坂も顔をあげた。滝田は混乱した様子で、

「松川神社が吹っ飛ばされた……！」

「ばかな！」

吹っ飛ばされた、というのがどういう状況なのか、直江には咄嗟《とっさ》に理解できなかった。滝田は畳《たた》みかけるように、

「デカイ爆弾を落とされたようだ。神社のあったあたりが、ごっそり吹っ飛ばされて、死傷者が大勢出ているらしい！」

「なんだと！」

──信長が動く。

景虎が言っていたのは、このことなのか。しかし爆弾というのは、どういうことだ!?

「爆撃機でも飛ばしたのか。空爆されたとでも？」

「だが、目撃者によれば、その前後に上空を飛行機が飛んでいたとの証言はない。ピンポイントで爆撃するつもりなら超低空飛行するはずだ。だが音を聞いた者もいない」

それに松川神社の毘沙門結界は、航空機の墜落にも耐えるほどの強度があった。ちょっとやそっとの爆撃では瓦屋根に傷すらつかないはずなのだ。

「中には大きな落雷があったと言ってる奴《やつ》もいるらしい」

落雷程度で吹っ飛ぶはずはない。

直江は「まさか」と思って高坂を振り返った。高坂は苦々しくうなずいた。

「信長がとうとう禁じ手を使った。産子根針《うぶこねばり》の禁法だ」

直江はぞっとした。……宮中でただひとり、天皇だけが執り行うことを許された、恐るべき呪法《じゆほう》。自分と血の繋《つな》がる子供を礎体《そたい》にして呪詛《じゆそ》をかけ、霊地に埋めて、その霊脈の力を自らの体に集めるという、禁忌《きんき》中の禁忌。

(毘沙門結界を破ったのか。ばかな!)

「何人やられた」

診察台から、声があがった。

景虎だった。

「まだ何もわかりません」

「長秀が向かったはずだ。安否《あんぴ》を確認しろ。巻き込まれたかもしれん」

「御意《ぎよい》……っ」

「判明したら勝長《かつなが》殿に連絡を。全員の安否を確認した後《のち》、被害を報告しろ」

重傷の身だったが、驚くほど口調はしっかりしている。まるでそうなることを知っていたかのように。冷静だが、目にはたぎるものがある。体中に強い感情のエネルギーを孕んでいる。

直江はすぐに動いた。滝田も動いた。ふたりが出て行ったあとは、高坂だけが残った。

「……本丸落城か」

と高坂が言った。

「まだだ」

景虎は薄暗い天井を睨んでいる。

「……まだ切り札が残っている」

高坂にも景虎の覚悟は伝わったのだろう。

景虎はどこまでも暗く殺気を帯びた眼差しをしている。

＊

松川神社での謎の爆発事故は、都心の真ん中で起きたこともあり、大きく報道で取り上げられた。不発弾にしては破壊範囲が大きすぎるので、米軍機による爆撃などとみる向きもあり、原因がわからない。同じ夜に起きた朽木慎治の襲撃事件はそのおかげで、だいぶかすみはしたが、このふたつの出来事が繋がっていることに気づけたのは、ごく一握りだった。

五十名近い死傷者が出た。多くは警察関係者で、近くの住民も巻き添えになった。

上杉は《軒猿》十二名を失った。憑坐《よりまし》の肉体ばかりでなく、霊体ごと失う結果になったのは、空爆などではなく霊力による攻撃だった証《あかし》でもある。

長秀と八神は、かろうじて無事が確認された。

衝撃を受けている上杉夜叉衆《やしやしゅう》に、だが景虎は息をつかせる間もなく、次なる命令をくだした。

何もかもが迅速《じんそく》だった。


翌日の深夜のことだった。

阿津田《あつだ》商事本社の社屋が、何者かに爆破された。

五階建ての鉄筋コンクリート造の建物は、基礎部分を完全に破壊され、倒壊を余儀《よぎ》なくされた。

規模からすると爆破としか思えなかったが、周囲に爆破音を聞いたものはおらず、鉄筋は断裂、もしくはねじり倒されていて、建物自体に大きな力が加わったような痕跡《こんせき》があった。橋《きょう》脚《きゃく》破壊の時とよく似ており、検証しても破壊方法が解明できないパターンだ。

業務時間外の深夜であったが、五人が巻き込まれて死亡した。

阿津田グループを束《たば》ねるトップたちは無事だったが、本社機能を失って業務不能に陥《おちい》った阿津田商事の損害ははかりしれない。

世間は、朽木慎治襲撃事件とからめて、派手に騒ぎ立てた。

その朽木慎治は、沈黙を守っている。

信長がその知らせを聞いたのは、病室でのことだった。

驚きはしなかった。

ひとつ、報道されたものと違っていたのは「五人の死者」に関してだった。五人の遺体は、手に奇妙な木札を握っていた。そこにはそれぞれひどく時代錯誤《さくご》な古めかしい名前が記されていたが、警察が身元確認したところ、名前は別人のものだった。警察にはその意味がわからなかったが、信長にはわかった。

織田に従う怨将《おんしょう》だった。いずれも憑依霊《ひょういれい》から換生《かんしょう》を果たした者だった。

彼らは巧妙《こうみょう》な罠《わな》にはまった。蘭丸を騙《かた》った何者かから社屋に呼び出され、じかに命を奪われたのだ。

木札に記されていたのは、彼らの戦国時代の名だった。犯人はわざわざ死に際に聞き出して、札に書き、遺体へと握らせたらしい。それは信長に対する明確なメッセージだった。

彼らは全員、《調伏《ちょうぶく》》されたのだ。これは報復であるという。

信長は何も言わなかった。

ただ、底冷えするような眼差しで、蘭丸に一言、こう告げた。

「上杉夜叉衆の首をはねよ」

……と。

＊

天目山のふもとは、もう秋の気配が濃かった。

山梨県大和村。甲州街道の笹子峠をこえたその先にあるその集落には、渓谷《けいこく》が有り、古くから、姫ケ淵《ひめがふち》と呼ばれていた。

天目山は、武田勝頼の最後の地だ。信玄《しんげん》の子・勝頼は、織田との戦いに敗《やぶ》れて、この地で命を絶った。彼に従った姫と侍女《じじょ》たちは、敵の手にかかるまいと淵に身を投げたという。その姫たちは龍神《りゅうじん》となった。

その龍神を祀《まつ》っていたのが、坂口家だ。龍女と呼ばれる巫女《みこ》を代々、輩出《はいしゅつ》して、龍神をその身におろしては、龍の鱗《うろこ》を生み出して、霊験《れいげん》あらたかなお守りや薬となし、信徒に配っていたという。

今の当主は、坂口紅葉《こうよう》という年配女性だ。女傑《じょけつ》とでも呼びたくなるような威風を備えた女当主で、実は、北里美奈子《きたざとみなこ》の実母のいとこでもある。

東京を追われた景虎たちは、坂口家に身を寄せた。

「だいぶ、傷は癒《い》えてきましたね」

紅葉が、景虎の枕元でそう言った。

そばには、直江の姿がある。

景虎は寝間着姿で、布団に横たわり、眠っていた。

坂口家の土蔵の二階にある蔵座敷と呼ばれる隠し部屋だ。景虎はそこでかくまわれていた。

紅葉の膝《ひざ》には、乳鉢《にゅうばち》がある。中には、七色に光る薄くて丸い貝殻《かいがら》細工のようなものがある。

「龍のうろこ」と呼ばれるもので、龍女の体から生えてくる不思議な鱗だった。削って飲めば、薬にもなるので重宝されていたが、龍女はいなくなってしまったため、もう手に入れることはできず、ストックしてあるもの限りだ。

「それは雪葉《せつよう》さんが残したものですか」

直江が問いかけた。

紅葉の亡き妹だ。最後の龍女であり、織田に殺された。

「そんな貴重なものを……」

「いいえ。これは美奈子のものですよ」

直江は驚いた。紅葉はすりこぎで鱗を丁寧《ていねい》に砕き、すり潰《つぶ》しながら、言った。

「龍女になりかけた時に生えた鱗を、集めて、わざわざ送ってきてくれたのです。これが薬になると聞いたからでしょう。おかげでまだしばらくは、保ちそうです」

直江は苦々しい表情だ。

（こんなところまで……）

龍の粉を油紙に落として、丁寧にたたむ。これを飲ませているおかげで、景虎の傷の治りも早かった。

「靖雄も美奈子も、あなたがたに助けていただきましたから、そのお礼です。安心して養生してくださいい。加瀬さんがこちらにいることは、誰にも言いませんわ」

指名手配されていることも知っている。紅葉は彼らを信じてくれる数少ない理解者だった。

「あら。白湯《さゆ》が足りないわね。足してきます」

というと、紅葉は魔法瓶《びん》をもって階段を下りていった。

小さな窓から、秋の弱い日差しがさしこんでいる。いつか坂口と訪れた時、この家で景虎とふたり、枕を並べて寝たことを、直江は思いだした。

景虎は眠り続けている。

直江はその傍《かたわ》らで、じっと寝顔を見つめていた。

時々、小鳥のさえずりが聞こえる。世間の騒がしさが嘘《うそ》のように、ここは静かだ。

枕元の盆にある「龍の粉」を包んだ薬包紙《やくほうし》を、ひとつ手に取った。美奈子が作り出した薬だ。これを体にいれているのか。彼の傷を癒やすのはどこまでも「美奈子」なのか。そう思うと、言いようのない嫌悪感がこみあげてきて、思わず、握りつぶしかけたが、どうにか思いとどまって、くしゃくしゃになった薬包紙を丸盆に戻した。

景虎の寝顔を、まともに見たのは、久しぶりだと感じた。

熱がないか、確かめようとして額《ひたい》に手を触れようとしたが、ふと後ろめたい気持ちがわき起こってきて、あきらめた。

このまま、この蔵の中で、時を止めてしまいたいと思った。

母屋《おもや》に着替えの寝間着をとりにいった直江が、蔵の二階に戻ってくると、景虎は布団から半身を起こして外を眺めていた。小さな窓からは、渓谷の向かいの山の一部しか見えないが、薄く色づき始めた木々に季節が感じられる。

差し込む光が、痩《や》せた肩のあたりで白くハレーションを起こしているように見え、目を奪われた。

渓谷の音が聞こえる。

「具合は、どうですか」

直江に気づくと、景虎は小さく溜息《ためいき》をついた。

「煙草《たばこ》が吸えないから、口淋《さび》しくて困る」

「多少はニコチンを断てたようですね」

景虎の枕元には、新聞が置いてある。連日の報道は、見ているようだった。

「滝田が、始めたようですね」

「ああ」

大手新聞社を巻き込んで、全てを解明してやろうという、一大オペレーションだ。社屋倒壊事件を受けて、とうとう真相究明の口火をきった。朽木率いる阿津田グループがかかわってきたことを、収賄《しゅうわい》から松川神社の「謎の爆撃」まで、全て暴き出そうとの野心が、記事には満ちている。

そうなれば、渦中の人物・加瀬賢三についても触れないわけにいかない。

「手加減せずに書け、と言っておいた。こっちの不利益は一切考えるな、と」

滝田たちには滝田たちなりの戦い方がある。親友であっても口出しはできない。

「この社会は現代人のものだ。彼らが立ちあがるのが、正しい。オレたちは怨霊《おんりょう》退治はするが、世の中のことまでは責任を負えない。割り切るしかない」

「………。そうですね」

「勝長殿と晴家《はるいえ》とは、連絡がついたか」

「はい。色部《いろべ》さんが全ての作戦を引き継ぐことに。ふたりともショックは受けていますが、産子を保護しつつ、残りの産子探しを続けるとのことです」

「長秀は」

「東京の後片づけを終えて、色部さんと合流しました。鉄二も無事です」

そうか、と景虎は静かに答え、また窓の外を見やった。

「東京の拠点は、全部やられたんだな？」

「はい。関東圏内は、全て」

「復旧は」

「難しいでしょう。当面は東京で活動することも」

「織田はどうなってる」

「本社壊滅の影響で、今はそれどころでは」

「こうやって破壊の応酬《おうしゅう》になっていくんだな」

静かに振り返った景虎は、冷たく目を据《す》わらせていた。

「全部で何名、手にかけた」

「八名です」

「そうか」

倒壊した社屋で見つかった五名の遺体と、その後、都内で起きた変死事件の三名。いずれも直江と長秀が手にかけた。殺害して《調伏》した。

相手が換生者であることを理由に「生人不殺」の掟《おきて》を、踏み倒した。

「言われた通り、初生《しょせい》の名を聞き出したあと、真正面から頭部を撃ち抜きました」

即死《そくし》だった。飛び散った血液が柱にべったりとついていた。まぶたに焼きついた凄惨《せいさん》な現場に、直江は心を動かさぬよう、淡々《たんたん》と告げた。

「木札に原名を記し、遺体に握らせました」

「それでいい」

命じたのは、景虎だ。そうしろと言った。それが換生者を殺す時の作法だとばかりに。

霊魂《れいこん》は《調伏》した、という言外のメッセージだ。それだけで信長には伝わるはずだった。

景虎も、決して感情を動かすまいとするように、固く目をつぶった。

「――信長に」

「動きません」

「動向は摑《つか》めないのか」

「近づけません。鉄二の遠見でも見えないようで」

情報も一切漏《も》れてこない。沈黙が不気味でならない。

景虎はまた険《けわ》しい表情で、ふさぎこんでしまう。直江はじっと見つめていたが、意を決して問いかけた。

「……あの時、何が現れたんですか」

景虎は目だけをあげた。

「相討ちの傷ではないと高坂が言ってました。信長とあなたをこんな目に遭わせたのは、一体なんだったんですか」

「………」

「信長にあれだけの報復を思い立たせたくらいです。上杉にかかわるものなのですか。いったい何が起きたんです」

「オレだ」

景虎は短く、答えた。

「信長と戦って相討ちした。信長はその腹いせに松川神社を攻撃したんだ」

「本当にそうなのですか。何か隠してはいませんか」

直江が強く迫ったが、景虎はあくまで「自分だ」と言い張る。

「いずれは起こることだった。遅いか早いかの違いだ」

信長が手に入れた産子根針法の威力を目の当《ま》たりにした。景虎も直江も、上杉夜叉衆全員が震撼《しんかん》した。古《いにしえ》の天皇が手に入れた力とは、こういうものなのだと。

（神の力だ）

そう呼ぶしかない。

景虎たちの頭上にも、いつあの恐るべき雷が襲いかかってくるか、わからない。

肉体どころか魂《たましい》も、ひとたまりもない。巻き込まれた《軒猿》たちは全員、滅ぼされた。信長の最凶の武器は《破魂波《はこんは》》であることに間違いはないが、あれは対面でしか浴びせられない。

だが、根針法の力は、離れていても滅ぼせる。姿すら見ずに、落とすことができる。

いつ神の雷に打たれるか――と恐怖に震えた古の人々の姿が見える。

そして、いま夜叉衆はまさに、そういう脅威《きょうい》にさらされているのだ。

(長秀も、あれが直撃だったら耐えられなかったろう)

現場を見た直江は、信長の最終兵器だと感じた。景虎の居所を知られるわけにはいかない。

だが、景虎は冷静だった。

全てわかっていた、とでもいうように。

「マスコミは連日、あなたの名を連呼してます。顔写真も見ない日はありません」

「だろうな」

織田の息のかかった報道機関では、特にひどい。偏《かたよ》った報道で視聴者の嫌悪と憎悪を掻《か》き立てているようにしか、直江には見えなかった。

「この先はもっとひどくなりますよ。警察の目から逃れるだけで精一杯になるのでは」

景虎の覚悟は決まっていた。

報復を重ねれば重ねるほど、追い詰められていくことも。

「どうにもならなくなった時は、肉体ごと加瀬賢三のプロフィールを脱ぐだけだ。オレたちはいくらでも脱皮できるわけだからな」

自嘲《じちよう》ですらない。換生は悪であると説く景虎が、それを「手段」とみなす。その非情さが、直江の心に突き刺さった。

「この先、信長を《調伏》するまで何度換生することになるかわからない。換生したところで、すぐさま殺されるかもしれない。夜叉衆全員、覚悟しなければならない。殺されては換生し殺されては換生し……何人宿体《しゅくたい》を変えようが、執拗に、地獄《じごく》の果てまで信長を追い詰める」

「景虎様……」

「なにを恐れることがある。オレたちは夜叉だ。初めから鬼と同じだ。肉体をとっかえひっかえして、正体なんて初めからない。全部、仮の肉体だ。仮の人生だ。失うことなど当たり前じゃないか。何も手に入れられなくて当たり前じゃないか」

苦行の中で悟りを開いた者のように、遠い目をして、景虎は言った。

「オレたちの存在こそ、この世の虚像なんだから……」

こらえきれなくなったように、直江が腕を伸ばし、景虎を背中から抱きしめた。

景虎は目を瞠《みは》った。

「直江……?」

首筋に顔を埋《うず》めて、痩せた体を力のかぎり、抱きしめる。

言葉にできない想《おも》いがこみあげてきて、どこにもやり場がなくなって、思いの丈《たけ》を込めて景虎を抱擁《ほうよう》した。息ができなくなるほど強く。

景虎は抵抗しなかった。痛いとも言わず、苦しいとも言わず、したいようにさせた。

その体に指をくいこませる直江が、まるで何かを恐れるあまり、親にしがみつきたい迷い子のようでもあり、神にすがりつきたい信徒のようでもあった。やりきれない想いが切実に全身へと伝わってきて、どうすることもできない悲しみを受け止めるように、その節ばった手に手を重ねた。

（虚像なんかじゃない）

そう確かめるように、直江は爪をたてる。

（この熱い体が虚像だっていうなら、俺の苦しみなどただの幻影《げんえい》でしかないじゃないか）

そんなわけあるか。

そんなわけ、あってたまるか……！

（手に入れたいのは、これなんだ）

骨まで砕きそうになるほど強く、願った。

（ただ、ここにある心なんだ！）

これだけ体を密着し、肩に顔を埋めていれば、思念波など生まなくても、心は伝わってしまいそうだった。それでもいいと直江は思った。伝わってしまえばいいと思った。

魂が虚像なら、肉体を抱きしめるしかないじゃないか。そうしてつなぎ止めるしかないじゃないか。

景虎の息が徐々に荒くなる。抱きしめる力が強すぎて、痩せた肺ではうまく呼吸できないのだろう。その息づかいが耳元で聞こえる。徐々に早くなるそれが衝動を急《せ》き立てる。寝間着の襟《えり》に手を差し込んで、その肌の熱を掌で直接感じた。上下する胸を感じながら、直江はこのまま抱きしめ殺してしまおうかと思った。この腕の中で殺してしまおうかと思った。

「……なお……え……っ」

息が乱れ始めていた。苦悶しているくせに、ふりほどこうとしない。このまま殺されることを望んでいるかのようだ。襟に差し込んだ直江の熱い手を、生地の上から強く握ってくる。引きはがそうとするかと思ったが、そうではない。なおも強く自分の躰《からだ》に押しつけてくるではないか。もっと締めろ、とせがむように。暗い欲望ごと受け入れようとするかのように。

(手に入れていいのか)

(このまま手に入れてもいいのか)

(手に入れてしまいたい)

(身も心も)

ごとり、と階下で蔵の引き戸を開ける音がした。

途端に景虎が直江を突き飛ばした。

直江の腕から解放された景虎は、肩でせわしく呼吸をくりかえす。直江は数瞬、崩れた姿勢のまま放心した。景虎は乱れた襟をかきよせ、突っ伏して咳《せ》き込み始めた。

「……笠原さん？　上にいらっしゃいますか？」

紅葉だった。直江はすぐに取り繕《つくろ》い、

「はい。おります」

「お電話です。佐々木さんという方から」

直江は景虎を振り返った。景虎は床から直江を見上げている。顔は青ざめていたが、熱っぽく潤《うる》んだ瞳が、責めるようにこちらを睨んでいる。

直江は、ごくり、と喉《のど》を鳴らした。

景虎の分身に、喉笛を噛《か》まれた時のことを、思い出したのだ。

視線を絡み取られる。喉元から鎖骨《さこつ》にかけての陰影《いんえい》が、野生動物のように生々しく、今にも飛びかかってきそうだった。厚ぼったい唇《くちびる》が何かを言おうとしていたが、読み取る前に、再び紅葉に呼ばれた。

直江は振り切るように立ちあがり、階下へと降りていった。

*

追い詰められたこの状況で、景虎がまともに動けるようになるまで、ひと月はかかりそうだった。

景虎は土蔵の二階で、毎日、小さな窓を見つめながら寡黙《かもく》に何かを考え込んでいる。

その静けさが直江には不安だった。静かすぎて不安だった。東京から落ち延びた景虎の、その心の中に、何かが育ちつつある気配は読めたが、形が見えなかった。

そんな景虎のもとを、高屋敷《たかやしき》鉄二が訪ねてきた。

景虎の世話をさせるため、勝長が遣わせたのだ。遠見や透視《とうし》ができる鉄二ならば、近づいてくる不審者にすぐ気づくだろうとの配慮もあった。

鉄二は、自分がかかわってしまった「戦争」の姿を目の当たりにして、はなはだ怯《おび》えているようだった。

「いいんだぞ。逃げても」

土蔵の二階で対面した景虎が、鉄二に言った。鉄二は顔を伏せながら、それでも強く首を横に振った。

「逃げねえよ。仇《かたき》をとるまでは。自分で決めたことなんだ。それに逃げたりした日には、あんた、口封じに俺を殺すんだろ」

「そんなことはしない」

「うそだ」

「自分から飛び込んできたとはいえ、おまえは学生だ。一度しかない人生の、大事な未来を奪うわけにはいかない。最初に出会った時、そう言ったはずだぞ」

正座した鉄二は唇を噛みしめ、必死に首を振った。

「その未来を俺にくれたのは加瀬さんだ。でなかったら、空港でとっくに朽木に殺されていた。

もらった命の恩はちゃんと返すよ。だから、そばに置いてくれよ」

鉄二のすがるような眼差しにほだされたのか、景虎は突き放そうとはしなかった。鉄二という若者の、強い命が、八方ふさがりの自分たちに、何か先へと通す光を指し示してくれるような気がしたからか。

あるいは、自分の身に迫る死の気配がそうさせたのか。

細りそうになる気力を奮《ふる》い立たせるために。

「なんでも言いつけてください。俺、加瀬さんの弟子《でし》の気持ちで仕えさせてもらいます」

鉄二は甲斐甲斐《かいがい》しかった。食事や用足しの介助も、体の清拭《せいしき》も傷の消毒も。薬造りや包帯の取り替え、実に心細やかだ。そんな鉄二に、景虎は警戒することなく、身を任せる。

体調のよい日は、学校にも通えない鉄二のために、勉強を教えたりもした。

直江は景虎のもとを訪れるたび、そんなふたりの姿を遠くから見て、奇妙な感慨《かんがい》をおぼえた。こんなに殺伐《さつばつ》とした、明日をも知れぬ状況の中で、何かを伝えようとしている姿は、単に面倒見がいいというだけでは説明がつかない。別の深い意味があるように感じたのだ。

何とは、わからなかったが。

「抜糸《ばっし》しましょう」

直江が三回目に坂口家を訪れた日のことだった。

景虎の傷の治りは、思ったよりも早かった。

寝間着を脱がせ、体中に負った裂傷から、抜糸する。景虎はおとなしく処置を受けていた。

「……器用なんだな」

直江は驚いて、手を止めた。

「いま気づいたんですか」

「尚紀《なおき》の手先の話だ。いい外科医になれただろうに」

「外科医でなくてもいいんです。私はあなたの専属医になれれば」

「こっちから願い下げだ。このヤブ医者が」

「もっと雑に扱ってほしいですか？」

口調にとげがない。

山奥の澄《す》んだ空気と、静かさがそうさせるのか。

久しぶりに打ち解け合ったように感じた。

窮屈《きゅうくつ》な逃亡生活のさなかであっても、ここは戦場ではないという思いが、緊張感を和《やわ》らげるのだろう。久しぶりに景虎の柔らかい笑顔を見た。そう思った。

「夜になると時折、たぬきが来るんだ。屋根の上まで」

「たぬきはさすがに来ないでしょう」

「いや。たぬきだ。尻尾《しっぽ》がふさふさしていた。窓の向こうで目が光るんだ」

「いたちではありませんか」

「いたちにしては、いやにでかかったぞ。いたちだとしても、肥《こ》えすぎだ」

「きっと木の実や野ねずみがたくさんいて、ついつい食べ過ぎてしまうんでしょうね」

耳を澄ませば、渓谷の音も聞こえる。

これも鉄二がいるおかげなのだろうか。東京では四六時中ぴりぴりとして臨戦態勢《まき》の殺気をまとっていた景虎が、ひどく穏やかだ。人はやはり、いる場所によって、変わる。荒んでいた眼も、いくらか和らいでいた。

報告しなければならないことをたくさん抱えていたが、後にしよう、と直江は思った。いま、ここに漂《ただよ》う木漏《こも》れ日のような空気を、愛《いつく》しみたかったのだ。

景虎は窓の外を見つめている。色づき始めた山の美しい色彩に、心を浸《ひた》すように。

その心にまでは入っていけなくても、こういう時間を独り占めしていられることに、直江は満足した。自分だけが、この横顔を見ていられることに。

「……産子は、見つかったのか」

どきり、として直江は我に返った。

現実に引き戻された。

「いえ、まだ。ただ、産子が埋められていると思われる候補地が、絞り込めてきました」

「どこだ」

「ひとつは、山形の月山《がっさん》」

東北有数の霊地だ。蔵王《ざおう》とともに修験《しゅげん》の山で知られている。月山・湯殿山《ゆどのさん》・羽黒山《はぐろさん》という一大霊地を抱えていて、確かにその霊力をひとつにまとめた時の量は、絶大だと思われた。

「もう一カ所は」

「富士《ふじ》です」

言わずと知れた日本一の霊峰《れいほう》だ。その霊力は、そのまま火山の力でもある。

「他にも、白山《はくさん》、大山《おおやま》などがあがっていますが、まだ確認はとれていません」

「〝産子が握る玉を集めれば、魔王を討てる〟……もしかしたら、その玉は、呪者そのものと繋がる肝《きも》なのかもしれない」

景虎は寝間着の筒袖《つつそで》に手をいれ、熟考する目になった。

「その肝を手に入れることで、呪者の急所を攻められる。だから、織田は石鎚山《いしづちさん》の赤子を取り返そうとしているのかもしれない」

「取り返そうとしているのは、赤子ではなく、玉だと？」

「弥勒《みろく》の降臨《こうりん》など、あるとも思えない。玉だ。玉の使い方だ。うまく言えないが」

やはり何も考えていないわけではない。景虎は信長を倒す方法を常に模索している。それを考えるための時間が欲しかったのだろう。

そのためには喧噪《けんそう》から離れねばならなかった。あの排ガスと粉塵《ふんじん》にまみれた、人間の思念と情念とが混然と渦《うず》まく東京を離れて、ようやく熟考できる場所を得た。力を蓄えるために。

だが、それは、次はもう最終決戦しかないという覚悟の表れでもある。

(冥界《めいかい》上杉軍の、発動)

行使権があるのは、大将である景虎だけだ。夜叉衆の誰も、代わりにはなれない。

景虎はおそらく、命をかけることになるだろう。

他のことはいくらでも代わってやれるが、これだけは直江にはできない。

選ばれた人間である、景虎にしか背負えないことだった。

直江は自分の掌を見た。

(俺に、できることは)

階下の引き戸が、ガララ……と開いて、鉄二が入ってきた。

「加瀬さん、お客さんです！　お客さんがみえました！」

景虎と直江は、顔を見合わせた。——客だと？

ここにいることは、夜叉衆と八海《はっかい》しか知らない。途端に警戒した。誰とも会わないことは、鉄二にも伝えてあるはずだ。それでも、わざわざ知らせに来るとは。

「誰だ？　長秀でも来たのか？」

見てきます、と言って、直江が階下に降りた。

鉄二に連れられて母屋に向かった直江は、土間で、紅葉と向き合う若い女に気がついた。

直江は息を呑《の》んだ。

女も、目を瞠った。

「……笠原、さん……」

そこにいたのは、北里美奈子だったのだ。

直江は、たちまち冷え冷えとした目つきになった。木漏れ日のもとに立つような、優しい気持ちは、一瞬で消えた。

直江の心に、再び、都会の粉塵を含む乾いた風が吹き始めた。

第六章　別れの日に

坂口《さかぐち》家には、裏山の岩場を借景《しゃっけい》にした、ささやかな庭がある。姫龍《ひめりゅう》神社の境内《けいだい》にあり、植木もよく整えられていて小さな池もあるので、龍女信仰《りゅうじょしんこう》でやってくる信徒たちの、よき憩《いこ》いの場になっていた。

景虎《かげとら》を美奈子《みなこ》が横から支えるようにして、ゆっくりと、虹《にじ》色に彩色されたおびただしい鳥居《とりい》をくぐっていく。姫龍神社の赤い社殿に参拝《さんぱい》したあとで、その庭へとやってきた。

景虎は寝間着の上に丹前《たんぜん》を羽織《はお》っている。美奈子は慎《つつ》ましい紺《こん》のコートを着て、髪をまとめている。極力人目につかないための地味な装いだ。透き通るような白い肌に、ほんのりさした淡い口紅《くちべに》が、清楚《せいそ》な雰囲気を引き立てていた。

肩を並べて、長いすに腰掛け、岩樋《いわひ》から落ちる小さな滝を見つめていた。

美奈子は、姫龍神社を訪れたのは初めてだった。

ようやく参拝ができたと、感慨《かんがい》深そうにしている。景虎も、丹前の袖《そで》に手を入れて腕組みをしながら、色づいてきた木々を眺めた。

切り出したのは、美奈子のほうだった。

「薬をもってきました」

麻生《あそう》医師に用意してもらい、届けに来たのだ。

「おば様に預けておきましたので、飲んでください。ひと月分です」

「…………。そのために、わざわざ？」

送ることもできたはずだ。そもそも景虎がここにいることは、美奈子にも伝えていない。

「高坂《こうさか》さんから伝えききました。おば様のところにいると」

景虎は溜息《ためいき》をついた。美奈子はハンドバッグから一通の封書を取りだし、景虎の胸前へと差し出した。消印は、一週間前。美奈子宛《あ》ての手紙だったが、差出人の名はない。

字は景虎のものだった。

別れを告げる手紙だ。全《すべ》てが終わるまで責任をもって護衛はつけさせる。だけど、自分はもう会いには行かない。自分のことは忘れてくれ。これ以上関わり合いをもつのはやめよう、と。

「……どうしても、伝えなければならないと思ったの」

美奈子は景虎の顔を見ずに、言った。

「やはり……ひとりで、いってしまうつもりなのね」

景虎はようやく美奈子のほうを見た。彼女の頰《ほお》には、涙のあとがあった。

「すまない」

「……」

「君を悲しませる未来しか、思い浮かばなかった」

「私は幸福になるわ」

「美奈子……」

「あなたといる今があれば、その先に悲しい未来があっても、私は幸せだったと心から言えるわ。でも、今あなたと一緒にいられないならば、未来が別の幸せに満ちたとしても、きっと、そうは言えない。そう気づいた」

景虎が別れの手紙を書いた気持ちも、美奈子にはわかる。互いを想《おも》うからこそ、切り出した別れであることも。自分が近くにいることが最大の危険であることも、景虎は十分理解していた。愛情が募れば募るほど、美奈子を危険にさらす。美奈子を切れ、と長秀《ながひで》が言ったのも、そんな彼らの強く引き合う力が見えたからだ。

理解すればするほど、景虎のそんな思いやりを黙って飲み込む道もあった。だけど、ここで何も伝えられなかったら、本当にもう二度と会える未来はない。そう気づいた瞬間、美奈子は迷わず行動を起こしていた。

「だめだ、美奈子。帰れ」

「どこに」

「君のいる世界に帰れ。こんな薄暗い場所にいてはいけない。オレは何もしてやれなかった」

「あなたは私の人生にたくさんの贈り物をくれたわ。私には返せないほど、たくさんの、たくさんの幸福を」

今この時に、美奈子の口から「幸福」という語句が出てくることに、景虎は心底驚いた。

「あなたと会っている時間が幸福だった。話している時間が幸福だった。会えなくて想うだけの時間も。マフラーを編《あ》んでる時間も。遠くから見つめている時間も」

「オレは何も与えられちゃいない。いつもいつも受け止めてもらうばかりで、君の苦しみをどうにかしてやることもできなかった」

「あなたは私にたいせつなものを預けてくれたでしょう？」

「……なにを」

「あなたの、心」

美奈子は受け止めたそれを包み込むように、掌《てのひら》を見つめた。

「私には打ち明けてくれた。あなたの苦しみ、あなたの悲しみ、あなたの痛み……。何もできなかったのは、私のほう」

「美奈子」

「私が、足枷《あしかせ》になるのですね」

美奈子は覚悟を決めた表情で、静かに言った。

「わかっています。去れ、というなら、そうするしかないことも。でも、あなたに一日会って伝えたかった」

「だめだ。いけない」

　景虎は思わず美奈子の手を握った。

「君がここに来たのは、なんのためだ。まさか君は」

　見抜かれた美奈子は、目を瞠《みは》った。景虎は肩を強く摑《つか》み、

「馬鹿《ばか》な真似《まね》はよせ！　そんなことを願ったわけじゃない……オレは」

「……死んだりなんて……しないわ」

　美奈子は微笑《ほほえ》んで、景虎に言った。

「私、なにもかも捨ててきたわ。あなたといっしょにいられる今のために」

「美奈子」

「後悔をしたくないの」

　黒く潤《うる》む瞳《ひとみ》の奥に、確かな意志を宿《やど》して、まっすぐに見つめてくる。その強い瞳にどれだけ勇気づけられたかわからないことを、景虎は今また気づかされた。心が挫《くじ》け、荒《すさ》みかける時に、前を向く力をくれたのは彼女だった。明るく健《すこ》やかな気持ちを、惜しみなく、注《そそ》ぎ続けてくれた。繊細《せんさい》で優しく、柔らかな、愛《いと》しい気持ちを。

「幸福になるの」

　言い聞かせるように。

「あなたも、私も」

美奈子の覚悟を受け止めて、景虎は真摯《しんし》な表情になった。

「君はもう普通の生活には戻れないぞ」

「ずっと、あなたのそばにいたいわ」

「君からなにもかもを奪うオレが、君を微笑ませられるのか」

「微笑むわ。そばにいられる限り、心から」

「もう時間がない。いずれ君が愛してくれた加瀬賢三《かせけんぞう》ではいられなくなる」

「あなたが加瀬賢三でなくなって別のひとになったとしても、それでもいい。私は待ったりしないわ。探しに行く。どんな姿になっても、あなたはあなたよ……！」

景虎が、美奈子を抱きしめた。

力の限り、強く。

「……君は、何もわかっちゃいない……」

「……賢三さん……」

「そばにいてくれ……」

美奈子の髪に顔を埋《うず》めた。

「……君のそばにいたい……」

そんなふたりのやりとりを、鳥居の陰《かげ》から、直江《なおえ》が聞いていた。

鳥居にもたれて、背中をむけながら、じっと聞いていたが、たまらず目をつぶった。

うちひしがれた人間は、地面を見ない。

天を仰ぐしかなくなる。

茫漠《ぼうばく》だけが満ちる、虚空《こくう》を。

*

美奈子は、坂口家に身を置くことになった。

景虎に寄り添う姿は、夫婦そのものだ。

ふたりにとっても、一日のうちでこれだけ長く共に過ごすことは、今までなかったのではないだろうか。

食事をともにし、枕《まくら》を並べて寝起きする。ふと見れば、そこに互いの姿がある。ただそれだけで心が満たされる。

鉄二《てつじ》は景虎の世話を美奈子にすっかりとられてしまい、少しばかり拗《す》ねてはいたが、一緒に過ごすうちに、美奈子の気立てのよさに惹《ひ》かれて、いつのまにか打ち解けていった。

穏やかな日々だ。

山間《やまあい》の村は深まっていく季節を惜しむように錦秋《きんしゅう》へと染まった。両親を亡くした鉄二には、ふたりが親がわりに思えてきたとみえる。失った家族団らんの時間を取り戻そうとしているかのようだ。

（まるで親子だな）

直江は三人の姿に、ふとそんなことを思った。景虎の初生《しょせい》の姿を思い出した。春日山城《かすがやま》の屋敷で、春《はる》姫と道満丸《どうまんまる》と三人、仲睦《なかむつ》まじく鞠《まり》遊びをしていた。当時はさほど昵懇《じっこん》だったわけではないから、遠目に見るばかりだったが、そこにだけ春の日差しが差し込んでいるような、そんな暖かさを感じたものだ。

道満丸が元服《げんぷく》していれば、きっとあんな姿が見られただろうに。

美奈子とは、ここでもほとんど会話を交わすことはない。だが、直江の姿を見かけると、必ず、会釈《えしゃく》ではなく、深く丁寧《ていねい》にお辞儀をしてきた。

まるで許しでもこうように。

（俺にそんなことする必要はないんだよ。美奈子）

直江は心の中で語りかける。

（俺に、許しなど……）

だが、平穏は長くは続かない。

それは誰より、景虎が知っていた。

陽《ひ》はもう山の向こうに落ちようとしている。強い西陽が、山端すれすれから差し込んで、色づいた向かいの山の頂《いただき》が燃え上がるようだ。

坂口家の庭では、子供たちがござを広げて、美奈子と鉄二に干《ほ》し柿《がき》作りを教えている。庭で取った渋柿を、慣れない手つきで縄《なわ》にくくりつけていた。

直江は車に乗り込もうとしていたところを、景虎に呼び止められた。

丹前姿の景虎は、もうだいぶ動けるようになっていて、体力作りのためと言い、日中は時々、表にも出てくるようになっていた。

直江はサングラスをかけようとしていた手を止めて、振り返った。

「……挨拶《あいさつ》もなしに帰るつもりか」

「………。もう用事は済みましたから」

「なんで避ける」

単刀直入に訊《き》かれた。直江は顔を伏せた。

「……何も言わないんだな」

美奈子のことを――。とまで言わなくても、直江には伝わった。

直江は小さく吐息して、軒先《のきさき》に吊《つ》るした物干し竿《ざお》を見やった。

「私が何も言わないのは、変ですか」

「………。直江」

「おふたりのことに立ち入るようなことはしませんし、その立場でもありません」

「どうして、そういう言い方をする」

「これでも受け入れたつもりなんです」

感情をこめないで、直江は言った。

「そう見えないようでしたら、謝ります」

「………。さじを投げたと言いたげだ」

「男女の仲に口をはさむほど野暮《やぼ》ではありません。美奈子さんは信頼できる人だと思います」

本当に話し合わなくてはいけないことを、あえて話題から外している。景虎が本心を探ろうとしている気配は伝わっていたが、直江は無視した。言い出す空気をつくらせず、そのタイミングをあえて潰《つぶ》すかのように、直江は振る舞っていた。聞くのも怖かった。

本音のやりとりはあきらめたのか、景虎が懐《ふところ》から数通の封書を取りだした。

「これを投函《とうかん》しておいてくれ。離れた場所から。消印を探られないよう」

直江は黙って受け取った。

そのうちの一通に、目を留めた。

(これは……)

「しばらくしたら、ここを出る」

「なんですって」

「体のことなら、もう回復した。そろそろ次の作戦に備えなければ」

「怪我《けが》は癒《い》えても肺のほうはまだ療養が必要です」

「産子《うぶこ》の件も摑めてないんだ。勝長《かつなが》殿たちに任せてばかりもいられない。そうでなくても、織《お》田《だ》も動き出している」

直江は、庭で干し柿作りをしている美奈子たちを見やった。

「彼女は、どうするんですか」

「…………」

景虎は答えない。直江の肩を叩《たた》いて、美奈子たちのもとに戻っていく。

直江は視界を閉ざすようにサングラスをかけ、車に乗り込み、坂口家を後にした。


ふたりの様子を見ていた鉄二が、隣で干し柿作りを手伝い始めた景虎に小声で話しかけた。

「加瀬さん……。あのさ、あのひとさぁ」

「なんだ」

鉄二はうまく言葉にできなくて「なんでもない」と飲み込んでしまう。景虎は気に留めず、淡々《たんたん》と柿のへたに縄を巻きつけていく。美奈子は柿の皮を剝《む》きながら、心配そうに見つめていた。

直江は帰途《きと》についた。

舗装もされていない山道はがたがたと揺れ、不快な振動が、直江の沈鬱《ちんうつ》を刺激して、いっそう深めていく。山間だけあって日が落ちるのも早い。

富士《ふじ》の産子を探すため、河口湖《かわぐちこ》へと向かっているところだった。途中のドライブインで、車を駐《と》めた直江は、トラック運転手たちに混ざって素うどんをすすった。煙草《たばこ》を買い、景虎から預かった封書を取りだした。

その中の一通。——北里《きたざと》家の両親にあてたものだ。

景虎の字だ。美奈子には言っていないのだろう。

直江は煙草をくわえ、火をつけた。景虎が煙草を吸わなくなった代わりとばかりに、本数が日増しに増えていく。大してうまくもない煙草で肺をいじめている。

溜息がてら一度、煙を吐くと、手紙を見つめた。

中身もみずに、破った。ライターで燃やして灰皿に捨てた。

燃えかすになるまで炎を見つめる。心の中の何を燃やしたのかは、直江だけが知っている。

日の暮れた山に夕闇《ゆうやみ》が迫る。

ヘッドライトをつけた。

＊

その夜のことだった。

異変に気づいたのは、鉄二だった。

蔵の二階で、枕を並べて寝ていた景虎を、鉄二が揺り起こした。

「どうした。小便か」

「誰か来ます」

鉄二の表情が強《こわ》ばっている。宙の一点を見つめるのは透視《とうし》する時の癖《くせ》だ。母屋《おもや》は寝静まっている。車の音もしなかったので、坂口家の者は気づいていない。

「男がふたり、三人……いや、六人もいる。手に何かもってます……あれは、刀？」

蔵には目もくれず、母屋に向かっていくのが視えた。

「まずい……っ。忍び込もうとしている」

言い終わらないうちに景虎が階段を駆け下りた。鉄二に「ここにいろ」と言い置くと、草履《ぞうり》をつっかけて庭へと飛び出し、侵入者に怒鳴りつけた。

「そこで何をしている！」

男たちが振り返った。ひとりは拳銃《けんじゅう》を持っている。景虎は間一髪、念を撃ち込んだ。銃声が響いたが、弾《たま》は虚空を貫《つらぬ》いただけで終わった。撃った男は景虎の念をまともにくらって昏倒《こんとう》した。そこから霊体が抜け出してくる。憑依霊《ひょういれい》だ。

見れば、襲撃者たちは近所の村民たちだった。憑依されているのだ。下手に怪我を負わせることはできない。手には農具や鎌《かま》を握り、次々と景虎に襲《おそ》いかかってきた。咄嗟《とっさ》にかわそうとしたが、まだ完全に癒えていない体は思うように動けない。かろうじて念を撃ったが、数が多くて間に合わない。

ならば、と景虎は印を結んだ。

「オン・カラカラ・ビシバク・ソワカ！」

不動《ふどう》金縛り法の簡易形をくらわし、憑依霊たちの挙動《きょどう》を封じる。村民たちは四肢《しし》を金縛りされて、動くに動けなくなった。

「おまえたち、どこのものだ！　織田の手の者か！」

動けなくなった憑依霊たちが一斉に念を繰り出してきた。景虎は集中攻撃を浴びて《護身波《ごしんは》》で耐える。一対六だ。体力が落ちている景虎は、長い攻撃に対するガードを保持できない。思わず膝《ひざ》をついた。

「賢三さん！」

蔵のほうから声があがった。美奈子だった。

騒ぎに気づいて飛び出してきたのだ。

「来るな、美奈子！」

景虎が叫んだが、美奈子は果敢《かかん》だった。手にした御札《おふだ》をかざして祝詞《のりと》を唱《とな》え始めたのだ。美奈子は松川《まつかわ》神社での訓練を経て、気の巡らせ方も十分にマスターしている。唱え始めたのは、姫龍神社の祝詞だ。紅葉《こうよう》から教わった。

「ひふみよいむなやこことう！　龍神様にかしこみかしこみ、物申す！」

柏手《かしわで》を打つ。美奈子の声に反応して姫龍神社の地力が活性化したのか。憑依霊たちの攻撃がスッと手控えるように弱まった。景虎は一気に《力《りょく》》で巻き返し、圧倒して印を結んだ。

「〝𑖪𑖹《バイ》〟！　……のうまくさまんだ……」

美奈子の悲鳴があがった。景虎は振り返った。

「！　……美奈子！」

もうひとり、いた。七人目の男だ。

美奈子を後ろから羽交《はが》い締めにして、喉元《のどもと》に刃物を突きつけている。

「外縛《げばく》をとけ！　この女の命が惜しければ、抵抗をやめて従え！」

景虎も手が出せない。美奈子がもがいている。やむなく印を解いて《外縛》も解いた。たちまち男たちが凶器を構えて、景虎を囲みこんだ。

「やれ！」

その時だ。

七人目の男の、刃物を握る手が突然、あらぬ方向に曲がった。真後ろに鉄二がいる。鉄二の念動力だ。暴漢の手から刃物を振り落とすと、美奈子も腕から逃れた。景虎は即座に念で全員を吹き飛ばし、間髪《かんはつ》入れず、印を結んだ。

「〝𑖪𑖹《バイ》〟！」

七人の憑依霊は、一斉に《外縛》された。

「のうまくさまんだ　ぼだなん　ばいしらまんだや　そわか。南無刀八毘沙門天《なむとばつびしやもんてん》！　悪鬼征伐《あつきせいばつ》、我に御力《おんちから》与えたまえ！」

景虎の印に力が集まってくる。憑依霊たちは抵抗できない。

「《調伏《ちようぶく》》！」

鉄二が景虎の《調伏》をまともに見たのは、これが初めてだった。

但《ただ》し、彼には透視はできても霊は見えない。景虎の手から放たれた強烈な白い光の正体はわからなかったが、全てが終わって闇に戻った時には、暴漢たちが全員気絶して倒れていたので、単に「悪漢を倒す技」と思ったらしい。

「すごい……。加瀬さん、すげえや」

「大丈夫か。美奈子」

駆け寄ると、美奈子はしゃがみこんで、咳《せ》き込んでいた。龍女の才能で多少、霊磁場を活性化できても身を守るところまでは及ばない。

家の中から紅葉が飛び出してきた。

「これは……っ。いったい、何が起きたんですか！」

景虎は険《けわ》しい顔をしている。

(織田の霊だ)

とうとう織田に居所を突き止められてしまった。

もうここにもいられない。

下手に留まれば、松川神社の二の舞だ。

ここを離れなくてはならない時がきた。

＊

織田の霊に憑依された村民たちを介抱《かいほう》し、ようやく全員が目覚めたのは、もう未明のことだった。皆、全く記憶には残っておらず、どうやってここまで来たかもわからない。

こんな時、憑依霊は厄介《やっかい》だ。いくらでも肉体を取り替えられるから、いつどこで襲われるとも限らない。

(しかし、どうしてここがわかった)

景虎がここにいることを知っているのは、身内以外では紅葉の家族だけだ。村民たちとは面識もなく、外の人間に見られた覚えもない。

(自力で嗅《か》ぎつけたのか。どこかから漏《も》れたのか)

景虎が不審がっていると、鉄二がおそるおそる声をかけてきた。

「加瀬さん……。ちょっといいかい」

「なんだ?　鉄二」

「実は……。伝えておいたほうがいいかなってことがあって」

そういえば、昼間にも何か言いたげにしていた。

「どうした。気になることがあるなら、言ってみろ」

「うん。あのさ……」

言い淀《よど》みながら、鉄二は言った。

「このあいだ、新橋《しんばし》の料亭で……その、朽木《くちき》たちを透視した時にさ……。朽木に気づかれて、手下に追いかけられて、俺、笠原《かさはら》さんと一緒に逃げただろ?　その時にさ」

景虎は怪訝《けげん》な顔をした。鉄二は言いにくそうにしながら、

「実は朽木の手下の、ハンドウってやつに見つかって……。なんかさ、笠原さんと色々話してるのに居合わせてしまって……」

「尚紀《なおき》がハンドウと?」

森蘭丸《もりらんまる》に見つかったのか。

「何を話した」

「なんか……終戦工作がどうのって……」

景虎の目つきが急に鋭くなった。……終戦工作？

「笠原さんに答えを聞きに来たって言ってた。イエスかノーどっちなんだって詰め寄ってた」

景虎は聞いていない。つまり、その前に何かやりとりがあったということか。

「何の答えだ。何か取り引きでもさせられていたと？」

「笠原さんに『望みがあるなら手を汚さずにかなえられる』とか言ってたんだ。笠原さんも最初はノーって言ってたけど、なんだか動揺してるっていうか……」

鉄二にはそれが何を意味するか、うっすらとわかってしまったに違いない。

「そうだ。戦巫女《いくさみこ》がどうとかって」

「戦巫女。確かにそう言ったのか」

「うん……」

景虎は愕然《がくぜん》とした。戦巫女……とは、美奈子のことではないか。

（まさか。直江に、美奈子を……）

景虎は思わず鉄二の胸ぐらを摑んだ。

「だが、尚紀は拒《こば》んだんだろう？」

「う……うん……」

「ノーって言ったんだろう!?」

「う、うん……でも」

問い詰められた鉄二は、意を決したように目をつぶって言った。

「もしかして、加瀬さんがここにいること、朽木たちに伝えたのは、笠原さんなんじゃ……!」

景虎は絶句した。

青ざめて、立ち尽くした。

(ばかな……)

直江が自分たちの居所を、織田に伝えた?

あの、直江が?

＊

翌朝、景虎は美奈子と鉄二をつれて、坂口家を後にした。

居場所を知られた以上、もう長居はできなかったからだ。三人は列車に乗って名古屋《なごや》方面を目指した。このまま、勝長たちのいる四国を目指すつもりだったが、甲府《こうふ》駅で鉄道警察に見つかりそうになり、塩尻《しおじり》方面に行く鈍行列車に乗り換えた。だが、このまま鉄道移動は難しいと判断した。

八ケ岳《やつがたけ》の麓《ふもと》に、美奈子が通っていた女学校で知り合った牧師《ぼくし》がいるという。夜叉衆《やしやしゆう》と連絡がつくまでそこに身を寄せることにした。

バスで移動する間も、景虎は寡黙だった。鉄二が口にした疑惑のことを考えている。

(そんなわけはない)

直江が自分たちを売るなど、ありえない。

居場所を知らせただと？　ありえない。

だが、その前にあったという直江と蘭丸との間のやりとり……。

振り払おうとしても、払いきれない。

(戦巫女を……美奈子を、どうすると言われたんだ)

(どんな取り引きを持ちかけられたんだ)

自分の知らないところで、直江が蘭丸と繋《つな》がっているというのか。終戦工作？　そんなもの、する必要もないし、するべきでもない。直江なら十分わかっているはずだ。

では、なぜ。

──あなたには、さぞ滑稽《こつけい》に見えるんでしょうね。

──あなたは……なぜ私を引き留め続けるんです。

痛みを感じたように、景虎は顔をしかめた。

（直江……）

思い詰めた表情で、考え続ける景虎に、美奈子も声をかけることができなかった。

バスは長い坂を上がっていく。辺りはもう暗くなり始めている。

行く手には、夕日に照らされる八ヶ岳の主峰《しゅほう》・赤岳《あかだけ》がそびえ立つ。

紅蓮《ぐれん》に染まる、その山は、燃えているように見えた。


清里《きよさと》にある三角屋根の教会は、農業研修の施設をかねていて宿泊所もある。

冬期は閉鎖《へいさ》してしまうが、まだ開いていた。標高《ひょうこう》が高いので、辺りはもう晩秋《ばんしゅう》の気配だ。

牧師に挨拶し、泊めさせてもらうことができた。

木造の礼拝堂に連なる部屋は、余計なものも置いていないが、小さな暖炉《だんろ》があって、薪《まき》がくべてある。美奈子と鉄二は、夜露《よつゆ》をしのぐ場所ができた安堵《あんど》からか、ようやく笑顔を浮かべたが、景虎はふさぎこんだままだった。

「賢三さん……。大丈夫？」

「ああ、すまん。疲れたろう。ゆっくりしていてくれ」

そう言い残すと、仲間たちに連絡をとるため、出て行ってしまう。

「加瀬さん、しんどそうだな……」

と鉄二も心配そうだ。「ええ」と美奈子もうなずいた。

「私たち、できるだけ負担をかけないようにしないとね」

「大丈夫。俺の目は、千里眼《せんりがん》だぜ。悪いやつがきたら、すぐに見つけて、とっちめてやるよ」

「鉄ちゃんたら」

大きな口を叩いても、結局、自分たちは守られる側なのだ。

美奈子は窓辺に立って、目の前に広がる牧場を眺めた。夏は青々としていただろう牧草は、もう枯れて、乾いた大地が広がるばかりだ。

そこと身を隠すように、カーテンをしめた。


食堂で夕食をとったあとは、することもなく、部屋で息を潜《ひそ》めているしかない。

逃亡の身の心細さを噛みしめていると、美奈子が「ちょっと出てきます」と言って部屋を後にした。なかなか戻ってこないので、景虎が探しに行くと、彼女の姿は礼拝堂にあった。

祭壇《さいだん》の前にひざまずき、祈りを捧《ささ》げている。

正面には、大きな十字架と、マリア像があった。

青い衣《ころも》を着たマリアは、その腕に幼子イエスを抱いて、慈《いつく》しみ深い微笑を浮かべている。

美奈子はまるで敬虔《けいけん》な信徒だ。

景虎はそんな美奈子を、見つめていた。

賛美歌《さんびか》もオルガンの音もない。ただひたすら底冷えする礼拝堂の、ちらつく薄暗い蛍光灯《けいこうとう》の下で、何を祈るのか。

(祈れば、救われるのだろうか)

景虎は祈らない。

祈る神もない。

(あれは、本当にあなただったのですか。謙信公《けんしんこう》……)

――おぬしらは、出会うてはならぬ〝さだめ〟であった。

――この世を歪《ゆが》める、悪鬼となり果てた。

あの時、景虎と信長《のぶなが》を切り裂いた、修行僧の正体。

顔は笠《かさ》で隠していた。謙信は僧形ではあったが、修行衣をまとって現れたことは、かつて、ない。別人だったと思いたい。しかし、あの声もあの空気も、義父・上杉《うえすぎ》謙信以外には考えられないのだ。

――おぬしらが死なねば、この国が滅びる。

(義父上《ちちうえ》があんなことを言うはずがない)

もし信長を討つために降りてきたのだとしても、この自分まで巻き込む理由がない。

(オレ自身が〝悪鬼〟だというのですか)

だから、討ち取ろうとして降りてきたというのか。

(だとしたら、あまりにむごすぎる)

（何百年ぶりに降りてきて、オレを殺そうとするなんて、あまりに、理不尽ではありませんか。謙信公！）

景虎の胸に、疑念と疑惑が渦《うず》巻いていく。

もやもや、とやり場のない気持ちだけが広がっていく。むくむく、と疑心暗鬼《ぎしんあんき》が頭をもたげていく。

祈りたい。直江は自分を売ったりしない。謙信公は自分を討ったりしない――。

だが――。

誰に祈ればいいのか。

＊

清里の教会に、その男が駆けつけたのは、深夜のことだった。

牧師を無理矢理叩き起こして、面会を申し出た。やってきたのは、直江信綱《のぶつな》だ。

「景虎様……っ」

取るものも取りあえず、河口湖から車を飛ばしてきた。景虎が襲撃されたとの連絡を受けたのは、今朝のことだ。景虎はもう坂口家を去ったあとだった。その後もなかなか連絡がとれず、居場所が摑めなかったのだ。

景虎は無言で直江を見つめていた。

「外で話そう」

牧柵《ぼくさく》のそばで、直江は待っていた。

夜空は澄《す》み切っていて満天の星だ。牧場は闇に沈んでおり夜空ばかりが賑《にぎ》やかだった。星明かりで遠くの山も稜線《りょうせん》がくっきりと浮かび上がっている。高原には寒風が吹きすさび、景虎の背後にそびえ立つ赤岳が、まるで審判者のように重々しい。

「……申し訳ありません」

直江が開口一番、そう言った。

景虎は目を細めて凝視した。

「なぜ謝る」

「織田の偵察を感知することができませんでした。私がついていながら」

──オマエガ。

景虎の心に、疑心が頭をもたげてくる。

──オマエガ、居場所ヲ、知ラセタンジャナイノカ？

「明朝すぐに発ちましょう。このまま四国に向かい、色部《いろべ》さんたちと合流します」

「おまえに、確かめたいことがある」

いつになく固い景虎の口調を、直江は怪訝に感じた。

景虎は、赤岳を背にして真摯な表情を向けてきた。

「蘭丸と、何を取り引きした」

直江は言葉を呑《の》んだ。

「終戦工作とはなんのことだ」

冷たい風がふたりの間を吹き抜けていく。夜の牧場は、風の音以外には何も聞こえない。

直江はどこか切ないような眼をしたが、ふいに微笑を浮かべた。

「……鉄二ですね。彼から聞いたんだ」

「正直に話せ。蘭丸と何を話した。オレには言えないことか」

直江は苦笑いを浮かべてから、自嘲気味に答えた。

「私に、裏切り者になれと言ってきたのですよ」

「なに」

「あなたにも夜叉衆にも内密に、美奈子さんを引き渡せ、と言われました」

直江は包み隠さず、明かした。

「美奈子さんの引き渡しに協力すれば、降伏に便宜《べんぎ》を図《はか》ってやると。あなたを殺すことなく、国外に逃がす用意もあると」

自分のあずかり知らぬところで進みかけていた計画に、景虎は少なからず、ショックを受けたようだった。

「むろん断りました。受け入れていたら、あなたには言いません」

「……本当に、か」

「本当ですよ。美奈子さんを引き渡せば、信長が彼女を何に利用するか。そんなことは火を見るよりも明らかです。そんなことは絶対させられない」

景虎は革ジャンパーのポケットに手を入れて、ようやく息をひとつ、ついた。直江が蘭丸とのやりとりをごまかすような言動をみせていたら、疑念も深まらざるをえなかっただろうが、直江の答えは明解だった。胸を撫でおろしたのだろう。駅で買った煙草を取りだそうとした。

だが、直江は表情を崩さなかった。

「私を、疑ったんですか」

「………。事実確認しただけだ」

「私が、美奈子さんを織田に売りかねないと……そう思ったんですか」

煙草をくわえた景虎が、視線を上げた。

そして、フッと笑った。

「おまえはオレを守るためなら、手段を選ばないから、少し心配になっただけだ」

美奈子を憎むあまり、悪意から売ろうとした……とは。

（考えないのだろうか。あなたは）

直江は景虎の心を読もうとするように、凝視した。

(考えないのですか。俺が美奈子を憎んでいるとは)

景虎はくわえた煙草に、火をつけようとはしない。歯で嚙《か》んで、牧場の向こうの夜空を見、巨大なオリオン座の右肩に輝く赤い星を見つめた。

ずいぶん長い間、沈黙していた。にらみつけるように。

煙草を箱に返し、直江に向き直った。

「おまえに、命じる」

「……………」

「美奈子をつれて、遠くに行け」

寒風が、枯れた牧草地を吹き抜けていく。

直江は息を呑んだ。

景虎は真率《しんそつ》な眼差《まなざ》しで、まっすぐに直江を見つめている。

「どういう……ことですか……」

「おまえは美奈子を守ることに専念しろ。戦線を離脱して、織田の手に美奈子が渡らないよう、どこか遠いところに逃げるんだ」

「戦線を離脱……？　こんな時に……離脱……っ」

「そうだ」

「馬鹿を言わないでください。そうでなくても戦力が足りていないというのに、私が抜けたら、その分の穴は誰が埋めるんですか」

「オレが埋める」

景虎は即答した。

「おまえに美奈子を託す。織田の手には、絶対に渡すな。戦巫女との間に新たな産子を作らせてはならない。美奈子を守りきるのが最重要任務だ」

「いやです。私が守るのは、あなたです。美奈子ではない」

「美奈子を守ることが！」

景虎は険しい表情になって告げた。

「……オレを守ることだと思え」

「なぜです。なぜ美奈子を守ることがあなたを守ることなんです。美奈子はあなたじゃない！」

「オレの心を守るためだ。そういう意味だ」

「理解できません！　私はどこにも行きません！　私の居場所はあなたの……っ」

「おまえを信じるから、託すんだ！」

高原の夜風が、直江の髪を乱した。景虎は苦しそうな眼をしている。

「おまえはきっと、オレを守るように美奈子を守る。織田からどんなに甘い誘いを受けても、強い意志で跳ね返すだろう。おまえはオレの意志を何よりも尊重できる人間だ。オレのように考え、オレのように行動できる。そういう男だ」

（残酷だ）

直江は叫びそうになった。

（なぜいま、そんなことを言うんだ。どうしてそんなことが言えるんだ。そんなことを言ってどうするつもりなんだ。呪詛《じゅそ》をかけるつもりか）

「織田は――信長は、この手で《調伏》する。オレが全身全霊で戦うためにには、美奈子が絶対に守られていなくてはならない。それはおまえにしかできないことだ」

「なぜ私なんですか。長秀だって晴家《はるいえ》だって勝長殿だっているだろうに！」

「おまえだからだ！」

景虎は搾《しぼ》り出すように叫んだ。

「おまえはオレが、この世《なか》で一番信じている男だからだ！」

直江は立ち尽くした。半ば放心していた。

「うそだ……信じてなんて……いないくせに……」

「信じてる。おまえを」

「信じられないから託すんだ、そうでしょう！　私の忠誠を試すために！」

「信じてる」

「私がどれだけあなたのことを……！」

その先を言おうとして、言葉にならなかった。

峻険《しゅんけん》な赤岳の岩稜《がんりょう》を背にして、景虎は揺るぎなかった。憎むことも呪《のろ》うことも挫けてしまうほど、命じる景虎は峻厳《しゅんげん》としていた。景虎の心が見えなかった。今こそ見えないと絶望的に思った。

「信じてるだなんて……いま私にその言葉を告げるのは、罪です」

「行ってくれ。直江。オレの代わりに美奈子を守れ」

「その信頼は罪です」

「おまえにしか頼めない。オレの、たったひとりの後見人、おまえにしか」

「あなたは……」

直江の目から、知らず涙が溢《あふ》れてきた。

「あなたは、どこまでも……」

「行って、なすべきことをなせ。直江信綱」

直江は立ち尽くした。

まるで陰鬱《いんうつ》な雲の向こうに隠れていた月が、姿を現して、暗黒の海に一筋の赤い道を作り出したかのように。あらがいようのない運命が今、自分たちの前に降りてきたように感じた。

景虎は静かな眼差しで見つめている。どこまでも静謐《せいひつ》な、だが徹底的に心を見せようとはしない眼で。

牧草地を冷たい風が駆け抜ける。

うなだれた直江は、目をつぶり、拳《こぶし》を固く握りしめて、搾り出すように答えた。

「……御意《ぎょい》」

景虎は天を仰いだ。

生き物の気配も失《う》せた牧場に、星が降る。

虚《むな》しくなるほど、おびただしい星が。

凍《い》てつく夜風に吹かれ、ふたりはいつまでも、その場から離れようとはしなかった。

*

美奈子が、景虎からその話を聞いたのは、翌朝のことだった。

彼女は礼拝堂にいた。朝日を浴びるステンドグラスの色彩豊かな光が、タイルの床にこぼれていた。朝の澄んだ空気が満ちる祭壇の前で、美奈子はひざまずき、ゆうべと同じように両手を組んで祈りを捧げていた。

祈りを終えた美奈子は、後ろに立つ景虎の表情を見て、予感が現実になったことに気づいたのだろう。景虎はそのことの是非《ぜひ》を問うたのではなかった。すでに「決定した」こととして、美奈子に告げたのだ。

美奈子は黙って、聞いていた。

うちひしがれて取り乱し、嫌だと叫んで、理由を問い詰め、猛然と抵抗する。

……そのはずだった。

だが、美奈子はそうしなかった。自分でも驚くほど落ち着いていた。理由を問うこともなく、ただ少し天井を仰ぐようにして大きな瞳を開き、そして、うつむいた。それだけだった。

「そう……」

「美奈子」

「……大丈夫」

長いまつげを揺らし、唇《くちびる》をきゅっと結んで、景虎を見上げた。

「……あなたが決めたなら、それが最善だということ。そうでしょう」

景虎はうなずいた。言葉にはしがたい想いを、どこか淋《さび》しそうな表情にこめて、美奈子を見下ろした。

「責めないのか」

「………」

美奈子は穏やかに微笑んでいたが、不意にこみあげるものがあったのか、口元を歪めてうつむいてしまった。涙をこらえている。

彼女には、わかっていたのだろう。この逃避行に自分は一緒に行けない。景虎を危険にさらしてしまう。ひとりならば切り抜けられるところも危うくなり、戦うことの妨《さまた》げになる。どの道ここに留まらなければならない。そう思っていた。

だからこそ、会いに来た。これが一緒にいられる最後の時間になるかもしれないと、知っていたからだ。

「いいえ。これが最後じゃない……」

美奈子は自分に言い聞かせた。

「最後じゃないのよね……」

「美奈子……」

「本当は、私があなたを守りたかった」

美奈子は声を震わせながら、言った。

「私に戦える力があったなら、この手であなたを守っただろうに」

朝日が差し込んでくる。十字架の影がふたりの間に横たわっている。

景虎は静かに見つめ返した。

「守られているさ。今この時も」

「賢三さん……」

景虎は美奈子の肩に手をかけて、黒く潤む大きな瞳をゆっくりと覗《のぞ》き込んだ。

「全てに片をつけたら、必ず迎えに行く。それまで待っていてくれ」

「待っているわ」

「約束する。必ず」

「必ず」

「美奈子……」

互いに見つめ合い、惜しみなく見つめ合い、静かに顔を近づけた。

それは誓いだったのか。贖罪だったのか。

青い衣のマリアが見下ろしている。


鐘《かね》が鳴り始めた。

朝を告げる鐘は、希望を告げる鐘だった。

その鐘が鳴り終わるまで、恋人たちは最後の抱擁《ほうよう》を交わしあう。

雲間から差し込む光が、カーテンのように牧場を照らしている。

霜《しも》に濡《ぬ》れた枯れた牧草が、白く輝いていた。

＊

最後の食事は、スープとパンだった。

別れを惜しむ時間も、そう長くはとれそうにない。

交わす言葉もそこそこに、慌しく車へと荷物を積み込むと、直江は景虎と向き合った。

直江はとうとう一睡もできなかった。景虎の頰も心なしか蒼い。

美奈子は牧師に挨拶をしに行き、鉄二は景虎と行動を共にするため、残ることになった。

「河口湖に行く。おまえの代わりに富士を霊査《れいさ》して産子を探す」

直江が戦線から外れることも、夜叉衆に告げなければならない。彼らが大反対するのは目に見えていた。ただ、景虎の決意は揺るがなかった。

直江の懸念《けねん》は、景虎の《力》の暴走だった。晴家からも「目を離すな」ときつく言いつけられている。直江は重苦しげに口を開いた。

「……必ず長秀と一緒に行動してください。あなたひとりでは決して事を進めないように」

「そうだ。これを」

景虎が差し出したのは、手帳から破ったとおぼしき紙片だ。

「落ち着き先が決まるまで、ここを頼れ。ここなら、まだ織田の手は伸びていないはずだ」

そこに書かれた住所を見て、直江は顔をあげた。

「熊本県……阿蘇《あそ》郡……」

「古い知り合いがいる。きっとよくしてくれる」

直江はたたんで胸ポケットに収めた。そして見送りに出てきた鉄二を横目に見た。

「本当に鉄二も連れて行くのですか」

「ああ」

「いくら透視ができて、多少、念が使えるとはいえ彼は初生人《しょせいじん》です。一緒につれていくのは……。確かに危険を察知はできるかもしれませんが、なぜ、そこまで彼を」

景虎の表情がふいに険しくなった。どこか暗く冷ややかな目つきになっているのを見て、直江は唐突に、その意味を悟った。

「まさか、あなたは……っ」

「いつ、次の換生《かんしょう》をすることになるか、わからない」

景虎は無表情になって、こう言った。

「鉄二の顔をよく覚えておけ。次におまえに会う時は、あの姿かもしれない」

直江は背筋が冷たくなった。つまり、そういうことなのだ。

鉄二は若く健康で、その肉体には《力》を扱うだけの条件が揃《そろ》っている。景虎の肉体が万一、なにかで死に至ることがあった時には、次の体に換生しなければならない。

その換生先として、景虎は鉄二を選んだのだ。

「はじめから、そのつもりだったのですか……」

「………」

「なんてひとだ」

景虎という男の冷酷な部分を見せつけられ、直江は戦慄《せんりつ》を隠せなかった。次はより強く、より力を持てるよう、鉄二を宿体《しゅくたい》に選んだに違いない。それもこれも皆、信長と戦って勝ちを手に入れるために。

信長を倒すために。

「鉄二の恨み言は、地獄《じごく》で聞くさ……」

景虎は自嘲《じちょう》するように呟《つぶや》くと、真摯な表情に戻って、直江に向き直った。

「美奈子を頼む」

「景虎様」

直江は目に焼きつけるように、加瀬賢三の姿を見つめた。

これが見納めになるとは思いたくない。

この唇が語った。辛辣《しんらつ》な皮肉も示威《じい》も自嘲も……。時折いたわるような優しい言葉も口にした。煙草をくわえて薄く瞳を開きながら、どこか遠くを見ている瞳が好きだった。屈託《くったく》のない笑い皺《じわ》が好きだった。不遜《ふそん》に見下ろす時の、少し顎《あご》を突き出すその感じが。その首元のほくろが。少しごろっとした指も。きれいな横顔も。

（なんだ。結局、俺は……）

直江は自分自身に降伏する思いだった。

（加瀬賢三のことが、こんなにも好きだったんじゃないか……）

空襲《くうしゅう》のさなかで抱きしめた。自分が命を捨てて守った。

この肉体を……この命を、こんなにも愛していたんじゃないか。

（失いたくない）

「また会うさ。この体で」

約束もできないことほど、景虎は不遜そうに言う。だけど、目は笑わない。眼差しは、なにかを祈るようでもあり、堪《た》えるようでもあった。

──おまえを、信じている。

美奈子がようやくやってきた。

「じゃあ、行くわね……。賢三さん」

「……。元気で」

ふたりは微笑んだ。泣き顔で別れたくはなかったのだろう。微笑む顔を、相手の心に焼きつけておきたいのか。今にも崩れそうだったが、美奈子は耐えていた。

直江は目をそらし、強《し》いて無表情になると、運転席に乗り込んだ。できるだけ心を動かしたくなかった。無心でいたかった。

景虎と鉄二が見送る。車は砂利《じゃり》を蹴《け》りながら、動き出した。美奈子は窓を全開にして、景虎を見ていた。景虎も真摯な眼差しで見つめていた。

「元気で」

美奈子は叫んだ。

「元気で！」

直江はアクセルを踏み込んだ。振り切るように、踏み込む右足に力をこめた。バックミラー越しに小さくなっていく加瀬賢三の姿を、目の端で焼きつけた。

牧草地の向こうに消えていく。

――行って、なすべきことをなせ。直江信綱。

言葉は、直江の胸に繰り返し突き刺さった。それは全てを見透かした二重呪縛《ダブルバウンド》なのか。探せば探すほど答えが見えなくなる。迷宮に踏み入るようだ。歯を強く食いしばって、ステアリングを握る手に力をこめる。

――おまえを、信じている。

美奈子の嗚咽《おえつ》を横顔で聞きながら、直江は耳をふさぐかわりにクラクションを鳴らした。

長い長いクラクションが、響いていく。

遠ざかっていく彼らを、赤岳だけが見つめていた。

あとがき

こんにちは。桑原水菜《くわばらみずな》です。

昭和編も、ついにここまでやってきました。

昭和編での顛末《てんまつ》は、本編でも結構語られているので、どこに決着していくのかは、皆さん、とうにわかってらっしゃるはずですが、あらためてこうしてディテールに触れていくと、物語が生きてたちあがってきます。体験しているんだなあ、と思います。

小説とは体験だと、常日頃思っているわけですが、昭和編を踏まえての本編は、たぶん、当時よりもだいぶ厚みが増しているんじゃないか、と思う次第です。

本編に帰結していく物語ですから、当然なのですが、過去に終わった物語に違う感慨《かんがい》が加わるのは、本当に不思議。興味深い体験をしております。

さて、前巻との間に、舞台『炎の蜃気楼《ミラージュ》昭和編　夜叉衆ブギウギ』大盛況のうちに幕を閉じました。観《み》に来てくださった方々、ありがとうございました。

今回は夜叉衆《やしゃしゅう》のオムニバスということで、夜叉衆ひとりひとりにスポットライトが当たる素敵な舞台となりました。文字通り客観できて文字で書いているだけでは見えてこない夜叉衆の魅力をたくさん発見することができ、彼らがますます好きになりました。

とても素晴らしい舞台。

私が脚本を書き下ろした『やどかりボレロ』は、直江《なおえ》の換生《かんしょう》を軸《じく》に、宿体《しゅくたい》の幼なじみとウルトラをめぐるストーリーでした。その尚紀《なおき》と山口《やまぐち》両方演じた直江役の荒牧慶彦《あらまきよしひこ》さんと、独演シーンが圧巻だった景虎《かげとら》役の富田翔《とみたしょう》さん。丁々発止《ちょうちょうはっし》の緊迫感に刺激を受けつつ、原作の続きを書いています。ゲストキャストの皆さんも素敵だった。夢のような十日間でした。

DVDも発売されますので、是非《ぜひ》そちらで舞台ミラージュを堪能《たんのう》してください。

というわけで、昭和編も残すところ、あと二冊の予定です。

しっかりと最後まで書き綴《つづ》っていこうと思います。

おつきあいくださいませ。

そして、今回は最後の頁《ページ》になんと高嶋上総《たかしまかずさ》先生のスペシャルイラストが！　高嶋先生、眼福《がんぷく》でございます！　素敵なカバーイラストと挿絵《さしえ》、いつもありがとうございます。

それでは、また。次の巻でお会いしましょう。

二〇一六年十二月　　桑原水菜

※この作品はフィクションです。実在の人物・団体・事件などにはいっさい関係ありません。
※当作品は昭和三十年代を舞台にしているため、現在では使用しない当時の用語が出てくる場合があります。

Special graffiti
by Kazusa Takashima

くわばら・みずな

９月23日千葉県生まれ。天秤座。Ｏ型。中央大学文学部史学科卒業。1989年下期コバルト読者大賞を受賞。コバルト文庫に「炎の蜃気楼」シリーズ、「真皓き残響」シリーズ、「風雲縛魔伝」シリーズ、「赤の神紋」シリーズ、「シュバルツ・ヘルツ－黒い心臓－」シリーズが、単行本に『群青』『針金の翼』などがある。趣味は時代劇を見ることと、旅に出ること。日本のお寺と仏像が好きで、今一番やりたいことは四国88カ所踏破。

炎の蜃気楼《ミラージュ》昭和編

紅蓮坂ブルース

COBALT-SERIES

2017年１月10日　第１刷発行

★定価はカバーに表示してあります

著　者　桑　原　水　菜
発行者　北　畠　輝　幸
発行所　株式会社　集　英　社
〒101－8050
東京都千代田区一ツ橋２—５—10
電話
【編集部】03-3230-6268
【読者係】03-3230-6080
【販売部】03-3230-6393（書店専用）

印刷所　図書印刷株式会社

ISBN978-4-08-608024-8 C0193

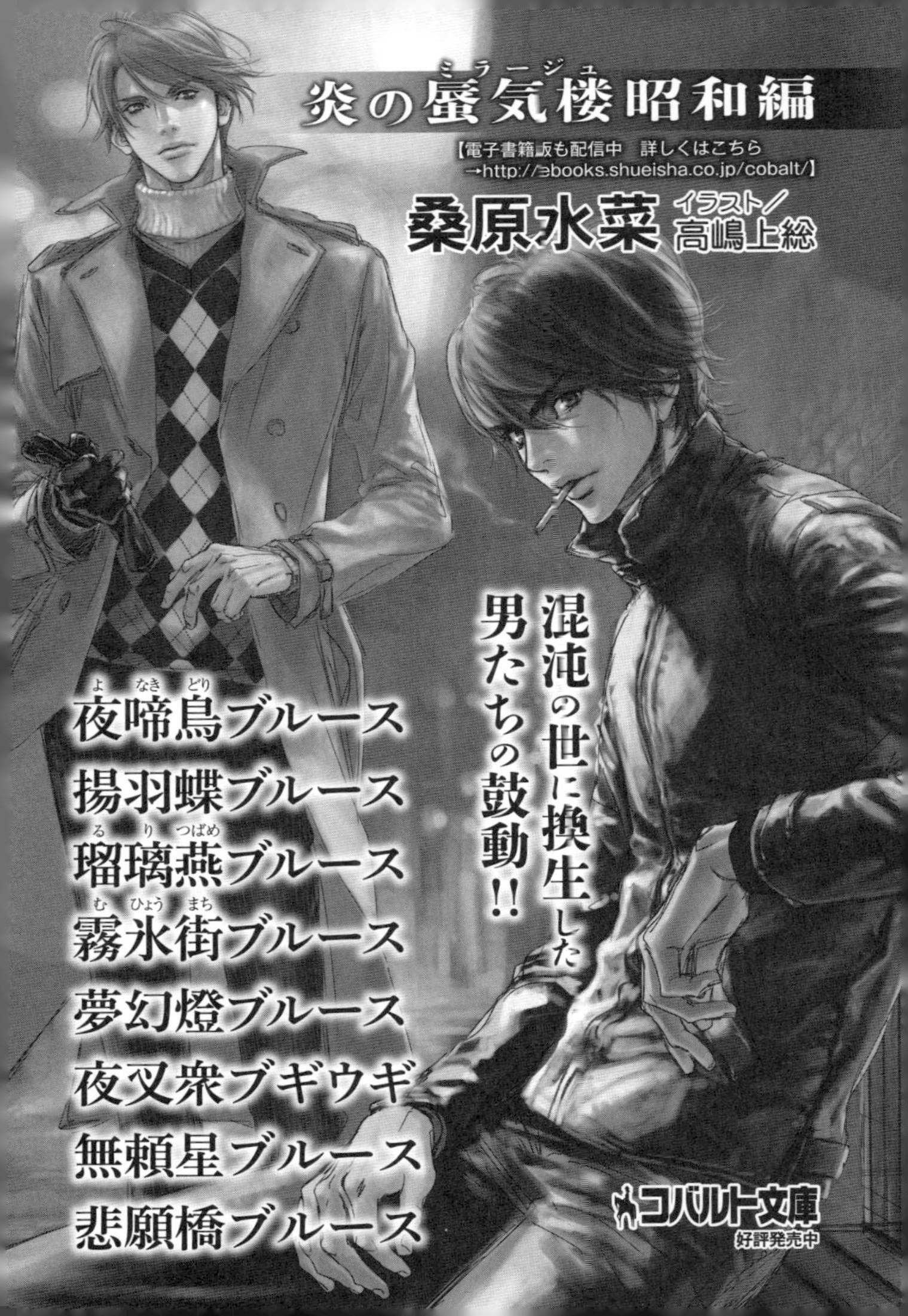

炎の蜃気楼《ミラージュ》昭和編
【電子書籍版も配信中　詳しくはこちら
→http://ebooks.shueisha.co.jp/cobalt/】
桑原水菜
イラスト／高嶋上総
混沌の世に換生した
男たちの鼓動!!
夜《よ》啼《なき》鳥《どり》ブルース
揚羽蝶ブルース
瑠《る》璃《り》燕《つばめ》ブルース
霧《む》氷《ひょう》街《まち》ブルース
夢幻燈ブルース
夜叉衆ブギウギ
無頼星ブルース
悲願橋ブルース
コバルト文庫
好評発売中

激動の時代、
上杉夜《や》叉《しゃ》衆《しゅう》が
駆け抜ける——！
桑原水菜
イラスト／ほたか乱
【電子書籍版も配信中　詳しくはこちら
→http://ebooks.shueisha.co.jp/cobalt/】
炎の蜃気楼《ミラージュ》 幕末編
獅子喰らう
攘夷《じょうい》志士と佐幕派が争いを続ける幕末の
京都。勤王《きんのう》派を狙う「人斬りカゲトラ」の
正体とは!?　夜叉衆が京の街を駆ける！
炎の蜃気楼《ミラージュ》 幕末編
獅子燃える
佐幕派・尊攘《そんじょう》派の激しい衝突が続く中、
土佐弁を喋る巨躯の男が怪異現象とともに出没するという噂が！ その真相は…。
コバルト文庫
好評発売中

戦国の世、「ミラージュ」が蘇る――。
炎の蜃気楼《ミラージュ》
邂逅編
真皓《ましろ》き残響
シリーズ
電子書籍版も配信中　詳しくはこちら→http://ebooks.shueisha.co.jp/cobalt/
桑原水菜
イラスト／ほたか乱
夜叉誕生（上）（下）
妖刀乱舞（上）（下）
外道丸様（上）（下）
十三神将
琵琶島姫
氷雪問答
奇命羅変《きめらへん》
十六夜鏡《いざよいかがみ》
仕返換生《しかえしかんしょう》
神隠地帯《かみがくれちたい》
蘭陵魔王
生死流転
好評発売中
コバルト文庫